雨花忠魂

雨花英烈系列纪实文学

落英祭

恽代英烈士传

徐良文 于扬子 著

江苏凤凰文艺出版社
JIANGSU PHOENIX LITERATURE AND ART PUBLISHING, LTD

图书在版编目（CIP）数据

落英祭：恽代英烈士传 / 徐良文，于扬子著．—
南京：江苏凤凰文艺出版社，2016
（雨花忠魂．雨花英烈系列纪实文学）
ISBN 978-7-5399-9136-8

Ⅰ．①落… Ⅱ．①徐… ②于 Ⅲ．①纪实文学－中
国－当代 Ⅳ．① I25

中国版本图书馆 CIP 数据核字 (2016) 第 066156 号

落英祭：恽代英烈士传

徐良文　于扬子 著

出 版 人	张在健
责任编辑	黄孝阳　聂　斌
封面设计	马海云
责任印制	刘　巍
出版发行	江苏凤凰文艺出版社
	南京市中央路 165 号，邮编：210009
网　　址	http://www.jswenyi.com
印　　刷	三河市华东印刷有限公司
开　　本	880 毫米 ×1230 毫米　1/32
印　　张	6.125
字　　数	162 千字
版　　次	2016 年 6 月第 1 版
印　　次	2021 年 4 月第 3 次印刷
书　　号	ISBN 978-7-5399-9136-8
定　　价	35.00 元

“雨花忠魂·雨花英烈系列纪实文学”
丛书编委会名单

不朽的精神　永远的丰碑

罗志军

南京雨花台，是新民主主义革命时期共产党人最集中的殉难地。在这里，无数革命先烈用鲜血和生命，铸就了不朽的精神丰碑。

信仰如山，信念如磐。在雨花台英勇就义的革命烈士有近十万人之多，其中留下姓名的就有1519位。他们当中不少人出身富裕家庭，受过良好教育，牺牲时正值青春年华。为了心中的理想和追求，他们毅然舍弃优厚的生活条件，走上充满荆棘的革命道路，虽身陷铁窗炼狱却临危不惧、顽强不屈，不惜流尽最后一滴血，献出年轻而宝贵的生命。他们的事迹展示了共产党人的崇高理想信念、高尚道德情操、为民牺牲的大无畏精神。今天，人们每每参观雨花台烈士陵园，悼念雨花台烈士群体，都感受到巨大的心灵震撼和精神洗礼。

习近平总书记视察江苏时指出，“要注意用好用活丰富的党史资源，使之成为激励人民不断开拓前进的强大精神力量。”雨花英烈的革命人生辉煌壮丽，雨花英烈的崇高精神高山仰止。江苏省委宣传部、省作家协会组织创作的这套“雨花忠魂·雨花英烈系列纪实文学”，以文学的形式集中讲述何宝珍、邓中夏、恽代英、冷少农、罗登贤、朱克靖等多位雨花英烈的革命故事，为弘扬雨花英烈精神提供了生动教材，为广大党员干部永葆本色提供了精神之“钙”。

今年是中国共产党成立95周年。在全面建成小康社会、实现中华民族伟大复兴中国梦的历史征程上，我们要大力继承和弘扬雨花英烈精神，铭记他们催人泪下的英勇事迹、永载史册的不朽功勋，自觉做到信仰、忠诚、为民、担当，开拓进取，扎实工作，加快建设经济强、百姓富、环境美、社会文明程度高的新江苏，以“两个率先”的崭新业绩告慰雨花英烈的在天之灵。

雨花英烈精神不朽，理想信念之树长青！

目　录

引子

恽代英慷慨赴死那年，只有三十六岁，这是一个充满无限想象的年龄，假设他不死，依他的学识、才华、资历和经验，在那山河破碎、乱世竞雄、百舸争流的动荡年代，谁能想象他可以演绎出多少风云激荡的历史大剧来？

然而，历史没有假设，他义无反顾地走向了刑场！

他是可以不死的，因为他有不死的本钱。

他是《中国青年》的创办者，被无数爱国青年尊为导师，在青年学子中有着广泛的影响力；他继周恩来之后，做过黄埔军校的政治总教官，深受黄埔军校学生的爱戴；他还是国民党二大的代表，在国民党二大上被选为国民党中央执行委员。当然，更因为他参与了共产党领导的南昌起义和广州起义。南昌起义，他是共产党前敌委员会的四名委员之一；广州起义，他和张太雷、叶挺是三人领导核心成员。1927年中共五大上，他被选为中国共产党中央委员，先后担任过中央组织部秘书长和中央宣传部秘书长，共产党中央组织部可是掌握着共产党核心机密的机关！

正是他拥有的这些本钱，蒋介石愿意和他做笔交易，他可以选择自己的生或者是死。

选择生，意味着将拥有当政者的高官厚禄，金钱、美女和享不尽的荣华富贵；选择死，那就要奔赴刑场，抛妻别子，斩立决！

恽代英毫不犹豫地做出了选择：死！

他的人生信条是：有些东西是不能拿来做交易的，譬如主义和信仰！我宁愿为忠诚而被绞死，也不愿为偷生而背叛！在背叛与忠诚面前，他选择了忠于主义，忠于信仰！

于是他鲜活的生命在他三十六岁那年戛然而止，终止在国民党蒋介石的屠刀下，而他精神的生命却依然蓬勃，一直延续到今天，而且还将继续延续！

大地上回荡着一声长吟：有的人活着，他已经死了！有的人死了，他还活着！

恽代英属于后者！

第一章 分歧

1

恽代英被捕是在1930年5月6日，地点是上海杨树浦。

那天，他身着短衣，一副工人打扮，带着一包传单和活动经费到杨树浦韬明路（今通北路）附近的老怡和纱厂（今上海第五毛纺织厂）门前等人接头。

早上妻子沈葆英帮他收拾东西，临行前，妻子对他说：二哥，今天你就别去工厂了，我总觉得有些不对劲。

代英回答：不去不行啊！怡和纱厂的支部刚遭到破坏，工人信心受到打击，我必须去当面交代一下！

妻子便不再阻拦，叮嘱他一定要格外注意安全。

此时，恽代英的职务是共产党沪东区行委书记。在此之前，周恩来兼任中央组织部长期间，他担任中央组织部秘书，协助周恩来工作；后来又担任中央宣传部秘书长。因为几次在党的会议上当面批评李立三左倾盲动的一些错误主张，让李立三很是不快。此时，周恩来在莫斯科向共产国际汇报工作，刚过而立之年的李立三独揽中央大权，面对恽代英的批评，李立三甚为恼火，给恽代英扣上“右倾机会主义分子”、“调和主义”两顶帽子，并撤销其中央宣传部秘书长的职务，将他下放到基层一线，先是任沪中区行委书记，不久又调任工人密集的沪东区，任沪东区行委书记。基层一线是火线，同敌人当面鼓对面锣地抗争，又是在白色恐怖包围之中，其危险性可想而知，恽代英却坦然接受，“衣披旧短衫裤，足御破皮鞋而不着袜，往与贫民窟内”。

就是说，一个共产党的中央委员、区行委书记，穿着没有袜子的破皮鞋整天往贫民窟里钻，和浑身汗臭的工人们交友谈心，亲若兄弟。

恽代英和李立三的分歧发生在1930年三四月间。争议的焦点是：共产党当前的任务是举行城市中心暴动，还是像朱毛那样开展农村根据地的游击战争。

广州起义失败时，撤退的前一天，装备精良的国民党军队正在英美帝国军舰的炮火掩护下猛攻观音山，起义总指挥张太雷血洒疆场，红军战士们纷纷倒在血泊中。红军总指挥部内，恽代英对着黄埔学生陈同生说：“古语说，‘秀才造反，三年不成。’假如我们下决心造三十年反，决不会一事无成的。年轻人，有决心干三十年革命，你不过五十岁。接着再搞三十年建设，你不过八十岁……”恽代英说这番话时，睁着血色的眼睛，他从失败的血泊中看到的是光明。但是，此刻的他也在战友们流淌的鲜血中明白一个事实，敌强我弱之中，不能拿一个鸡蛋的家当去碰石头，要有同敌人作长期斗争的打算，“造反三十年”！

在上海的李立三却不认同：造反三十年？等胜利那天我们头发都白了！

这就是恽代英和李立三认识上的分歧。恽代英也曾一度热血沸腾，和李立三手把手、肩并肩参加了南昌起义，并且把企图阻止起义的张国焘骂了个狗血喷头；南昌起义失败后，李立三到上海，他撤退到香港，又和张太雷、叶挺等一起举行了广州起义。但在两次暴动失败后，恽代英开始冷静思考，共产党拿起枪杆子，以武装的革命对付武装的反革命，是开天辟地的壮举，问题在于拿起枪杆后何去何从？是进攻大城市，还是占领农村，建立根据地？他开始意识到国共之间的斗争是一场持久战。而李立三却仍然围着共产国际的指挥棒转，坚持城市中心暴动的速决战，恨不得革命在一夜间成功，打天下，坐江山，他等不及了。

所以，李立三在实际掌握了共产党中央的领导权时，采取了比瞿秋白的“左倾”盲动主义更为冒险的举措。他制定了一个全国中心城市武装起义和集中全国红军攻打大城市的冒险计划。提出“暴动、暴动、再暴动”，高喊着“进攻、进攻、勇敢地向中心城市进攻”，命令在上海、南京、武汉、广州、大连、青岛、天津、哈尔滨等城市举行罢工，命令弱小的红军离开赖以生存的根据地去攻打敌堡林立的大城市，他描绘了一幅成功的蓝图：“打下长沙，夺取南昌，会师武汉，饮马长江！”

他的全国总暴动计划是：

以红四军、红十二军、红三军编为红一军团，由朱德、毛泽东指挥，攻打南昌、九江，切断长江，掩护武汉的胜利；

以红五军、红八军、红十六军编为红三军团，由彭德怀、黄公略、滕代远指挥，占领大冶，切断武（汉）长（沙）铁路，进迫武汉；

以湘鄂西地区红军编成红二军团，由贺龙、周逸群指挥，帮助地方暴动，进迫武汉；

鄂豫皖地区红一军由许继慎、徐向前指挥，切断京汉铁路，进迫武汉；

广西的红七军、红八军由邓小平、张云逸指挥攻击柳州、桂林，进逼广州，然后北上合攻长沙；

各路大军的最后指向是：会师武汉，饮马长江！

如果不明了实际情况，相信看完这惊心动魄的庞大暴动计划，所有的人都会心潮激荡、热血澎湃！

可李立三似乎忘记了，他纸上的许多军团只不过是一些被蒋介石称为“土匪”的弱小的地方游击队。那时节，这些“土匪”在蒋介石眼中根本不值一提，自顾自去和他的强劲对手李宗仁、冯玉祥、阎锡山、张发奎、唐生智们一争高下、一决雌雄，这些地方诸侯才是他眼下的心腹大患。

对李立三雄心勃勃的计划，就连远在莫斯科驻共产国际的中共代表团团长瞿秋白知道后也不住地摇头叹道：“李立三简直是发疯了！”

2

不过，李立三的“发疯”也有他的理由。

1928年6月4日，张作霖在皇姑屯被日本关东军炸死，张学良就任东三省保安总司令。一星期后，张学良宣布“东北易帜”，服从南京国民政府。同年7月1日，张学良向国民政府发出《绝不妨碍统一电》，蒋介石从形式上获得全国统一，问鼎他权力的巅峰。

可惜好景不长，仅半年时间硝烟又起，1929年，“军阀重开战”。先是有3月的蒋桂战争，后有9月的张发奎联桂攻粤；10月，爆发蒋冯大战；12月，石友三、唐生智又同蒋介石翻脸；转年春上，阎锡山、冯玉祥再一次举起反蒋大旗，双方集结一百多万军队，磨刀霍霍，剑拔弩张，准备决战中原。

军阀争霸闹内讧，使在白色恐怖包围中的共产党绝处逢生、得以喘息，在夹缝中求生存的红军和苏维埃运动发展迅速，出现了前所未有的生动局面。到1930年3月，红军已有第一军至第十三军共十三个军，六万二千七百三十人，二万八千九百八十二支枪，建立了湘赣、赣南、闽西、湘鄂赣、闽浙赣、洪湖及湘鄂西、鄂豫皖、左右江等大小十五个农村革命根据地。共产党所领导的游击战争扩展到十二个省、几百个县。后来的中国工农红军的三大主力——一方面军、二方面军和四方面军在这一时期初具雏形。

这时，隐蔽在上海的中央中央，由“胡公”掌实权。

“胡公”即周恩来。周恩来是众所周知的共产党领袖，出任过黄埔军校的政治部主任和北伐军的总政治部主任，国民党内很多人都认识他，为防止危险，周恩来就不停地变换姓名和住址，外出时间也严格控制，一般外出都是在清晨5点至7点，晚上则在7点以后，并且少走大马路，多穿小弄堂，从不搭乘电车，也不去公共场合。因周恩来外出通常都装扮成商人，留起了一把大胡子，所以，内部人称“胡公”，对外则称“伍豪”。

周恩来的观点是“目前党的总的政治路线”就是“夺取群众”，而不是在广大范围内直接从事武装发动。恽代英是周恩来观点的坚定支持者。

没想到的是，就在这一年，共产国际接连给中国共产党发来四封指示信，四封信的核心内容就是要中国共产党着重反右。刚以“左倾盲动”的名义下了瞿秋白的权，弄到莫斯科坐冷板凳，怎么又要反右？纯属不明情况、不顾事实的瞎指挥。

周恩来没能抵挡住共产国际来信的影响，在1930年2月的政治局会议上他发言说：组织政治罢工，组织地方暴动，组织兵变，集中红军攻坚，“这四大口号是我们目前的中心策略”。

李立三的头脑却开始膨胀，在这次的政治局会议上，他提出：“在某几个省的形势之下，组织一省或几省暴动，在今天就应有坚决决定，首先就是湖北问题。”

两人都谈暴动，但在意思表达和实际行动上却有区别。

周恩来在实际行动上是冷静的，不赞成不顾一切地蛮干。在参加江苏省党代表大会时，他强调：“所谓新的高潮与直接革命形势是不同的，现在已经有了新的高潮，但还不是直接革命形势。”

李立三却说得干脆：“革命高潮与直接革命形势是一个东西。”

3月初，中共中央派周恩来到莫斯科向共产国际报告工作。周恩来一走，李立三一下子松开了手脚，很快就把全国武装暴动从纸上提到行动日程上来。

曾担任过陈独秀秘书，后来调中共中央组织部工作的黄玠然回忆：

1930年春，李立三同志曾主张在南京举行暴动，那时周恩来同志尚未出国，曾与立三进行争论，制止了南京暴动，周恩来同志出国后，立三的盲动主义的主张，越来越强烈，代英同志当时是宣传部的秘书，我听说代英同志首先反对立三同志的盲动主义。他从当时客观的实际情况出发，坚决反对立三同志的盲动主义观点，两人发生了严重分歧。对此，我极为关切。有次我去训练班，遇到了代英同志去讲课，我迫切地询问他与立三同志争论问题的内容。他严肃地批评立三同志对于形势的错误估计，批评他不作阶级力量的对比，批评他违反革命发展不平衡的原则，主观主义地要组织全国暴动，这是不可容许的盲动主义，这是儿戏，暴动，是极其严重的政治错误。代英说后，不胜气愤！这是我第一次看见代英同志的发怒。当时我的水平不高，还劝他同志间的争论可以通过展开批评和自我批评来解决。代英同志说，这已不是批评的问题，而是一场严重斗争的问题了。因为要上课，我们就没有再往下谈，我看到代英同志如此气愤，心中极为难受……

由此可见，恽代英和李立三的矛盾在中央机关已是公开化了。

3

1930年的春天。

眼见国内蒋冯阎军阀大战在即，年轻气盛的李立三按捺不住心中燃烧的激情，认为全国范围内直接革命的形势已经到来，“群众只要大干，不要小干”。现在已经具备了全国“大干”（武装起义）的条件。幻想着“一省或数省的首先胜利”。

李立三坐在上海云南路一座租来的房子里，坐镇指挥，发号施令，不断地颁发军队番号，签署委任状。某一地区有几名游击队员，他便委任一名司令；某一地区有一二百人的队伍，他就颁发一个师甚至一个军的番号；某一个同志新到国民党军队中任下级军官，他即命令他发动兵变。这个从没穿过军装打过仗的白面书生忘乎所以，纸上谈兵，使虚假的军事编制迅猛增长。

他左一个命令，右一个指示，今天指挥进攻这里，明天指挥占领那儿，自己忙得团团转，也把共产党各级领导和红军指挥员弄得晕头转向，不知所措。

为实现中心城市武装起义的计划，李立三将刚刚恢复发展起来的白区党组织、青年团、工会、少共等领导机关合并为准备武装起义的各级行动委员会。在他眼中形势一片大好，前途一片光明，他头脑里虚构的革命潮流似乎越来越高涨，他信心满满，幻想着能像苏联那样，克里姆林宫一声炮响，就能夺得全国政权。

李立三十足的狂热引起恽代英的深深忧虑，他觉得李立三这个总暴动方针无异于画饼充饥，并不靠谱。面对手握重兵的国民党反动势力，让弱小的革命武装和毫无军事训练的工人、学生在城市搞中心暴动无疑是以卵击石。那么在此之外是否还有第二条道路？他在痛苦地思考！

恰在此时，中共福建省委在厦门召开第二次代表大会，恽代英以中央代表的身份出席了这次会议。这次会议成为点燃恽代英和李立三之间矛盾的导火索。虽然，大会在分析总形势时，恽代英也提出党的主要路线是要造成全省总暴动，但在制定省委具体任务时，却审时度势、留有余地。如：强调白区工作应利用合法形式开展斗争；应深入与扩大土地革命；在加强厦门、福州、漳州城市工作的同时，强调健全闽西特委，建立闽北特委；特委工作重点是发动群众，发展游击战争，在游击战争中建立和扩大红军，巩固红军中党的领导；闽西红军应向敌人力量薄弱的闽南发展，而不是向敌人力量较强的广州方向发展等。

明眼人一看便知，恽代英的这些具体做法和李立三发动城市中心暴动的计划是背道而驰的。

福建省委还在报告中提出："为加强省委的指导力量，恳请中央把恽代英同志留在福建工作，万望中央允许，电复为盼。"

可以想见李立三在见到福建省委会议报告时的情景，他勃然大怒。他在3月11日和4月14日两次给福建省委、军委写信，指责恽代英关于白区地下工作应采取灵活的合法斗争策略是"错误的"，在"关于兵运与红军的策略上更犯了错误"，强令福建省委"防止一切保守观念"，立即行动起来，实行全省总暴动，命令新建立起来的闽西六团红军"立即集中起来，建立红军第十二军"，向广州方向发展。

一个要发动群众，开展游击战争；一个要催促实施全省总暴动。一个要向敌人力量薄弱的闽南发展；一个要命令要进军广州。

意见相左，剑拔弩张。

李立三决不能让恽代英留在福建，让他立即返回上海！

而恽代英则在厦门开完会后，去了朱毛创建的闽西苏区。他沿着秘密交通线，穿过崇山峻岭，踏上了闽西苏区的土地。正是这次闽西之行，使恽代英心中豁然敞亮，他更加坚定地认为，福建省委的报告没有错，当务之急不是什么进军广州，举行中心城市暴动，而是去国民党统治力量薄弱的农村开辟革命根据地，发动群众，建立苏维埃。

4

那么，恽代英在闽西看到了什么？

他看到了不同于以往的一片蓬蓬勃勃的革命景象。

请听恽代英激动的呐喊声：

列位，你们都听见过国民党张贞、刘和鼎、金汉鼎诸位大人，怎样劳师动众的去围剿闽西朱毛土共，你们都亲身领受过国民党摊派剿共公债，领受过反共军队拉夫骚扰的深仁厚泽，你们可曾知道闽西出了一件什么大了不得的事？

真的！真是一件大了不得的事，闽西农民反了……

你真以为闽西现在亦只是一种普通的革命，好比蒋介石革命便打倒了张作霖、吴佩孚，自己做起国民政府主席，好比汪精卫又要革蒋介石的命，亦想来抢一个国民政府主席做做？闽西完全不是这一回事情。闽西不是什么普通的革命，他是造反，他是要闹一个天翻地覆，把全世界翻转过来！

恽代英为革命根据地取得的成就欢欣鼓舞，他说：

你们说闽西做了一些什么事呢？让我来一件件事告诉你们。

一、赶走了国民党……

二、成立了苏维埃政府……

三、土地归农民……

四、分土地的方法……

也许是在白色恐怖中压抑太久，面对朱毛取得的前所未有的胜利，恽代英的激情也得到了从未有过的释放。白天，他与红军指战员、苏维埃政权的各级干部、贫苦农民座谈，了解情况，夜晚，就在昏暗的煤油灯下奋笔疾书：

闽西的农民把他们那里收租的地主豪绅一齐都打倒了，那些穷苦的佃户与那些田地不够养活自己的自耕农，他们都起来像发狂一样的，搜杀他们乡村的地主绅士。没有杀到手的亦被他们驱逐扫除了一个干净。他们把乡村所有的田地，都拿来重新分过，他们自己耕种便都归自己享受。

你们一定要奇怪，像这样无法无天的事，国民党官府肯答应吗？自然不答应的。但闽西的农民不但是要打倒那班收租的地主绅士，他们一样是要打倒那班坐地收捐、收税、派款、派粮的国民党官府。他搜杀国民党官府正好像搜杀那班地主绅士一样。你们不听见他们将国民党旅长大人郭凤鸣，老实不客气的杀了悬首示众吗？你们不看见他们将国民党还有好几位大人，如卢新铭、陈国辉等，打得夹起狗尾巴向漳、泉、闽北一带乱跑吗？他们真是反了！他们何曾把国民党官府看在眼上？

恽代英激情难抑，他继续写道：

你们或者奇怪，闽西农民把国民党官府赶走了，他们怎么过日子？他们像这样下去，谁还能管谁呢？他们把地主、绅士赶了分田地，那田地各有肥瘦大小，怎么会分得均平？他们这样下去，不要自己间争得打破头吗？

说也奇怪！他们完全没有这样一回事。他们现在过得非常舒舒服服，从前争田争水的事现在一概没有了。为什么呢？因为他们有一个新的办法。

他们在一个乡村里面，许多事情都是靠着开群众大会解决。例如他们分田地，便是由群众大会自己讨论，自己定出分配的标准，自己指定调查并照料分配的人。这样分配下来，大家心满意足，没有一句话说。

其实这亦是自然的，你们晓得，从前闽西农民在地主官府下面，要交租，又要完粮，又要上捐，又要派款，他们那时候简直没有法子生活下去。有些农民一年都没有米进口，并且连红薯亦没有吃，他们只有吃红薯渣。现在造反成功，居然分了田地，而且分田地完全是他们自己作主，这正好比从地狱走上了天堂，还有什么话说呢？

而且即令他们有什么话说，有什么争端，亦是很容易办的，他们那时仍旧是开群众大会解决。群众大家怎么说，便怎样办，谁亦不能说这还不是十分公道。

他们不但一乡的事这样办，一区的事，一县的事，亦差不多是这样办的。……他们的办法，是在各乡举代表到区开会解决一区的事。各区举代表到县开会解决一县的事。同时亦由县、区以下各工厂、作坊、军队举代表参加。他们说这样的群众大会或代表大会，便是他们的政府。他们替这种政府起一个名字，便叫做苏维埃。

……

初春的夜虽然寒冷，恽代英心中却热浪滚动，他由衷地钦佩毛泽东的农村革命实践和英雄胆略；他亲眼所见的大量事实充分证明了毛泽东走出了一条有别于以往的道路，或许这才是一条符合中国实际，将中国革命引向最后成功的真正道路。

5

那么，闽西这一切变化是从何时开始的？

这一切变化开始于1929年春天。那个春天，朱毛从井冈山下山了。

为什么要下山？后来在保安的窑洞里，毛泽东对斯诺是这样说的：

我们的队伍在井冈山会师以后，进行了改编，著名的红军第四军创立了，朱德任军长，我任党代表。一九二八年冬天，何键的部队发生起义和哗变以后，井冈山来了更多的军队，这样就产生了红军第五军。彭德怀任军长。除了彭德怀以外，还有长征途中在贵州遵义牺牲的邓萍；一九三一年在江西牺牲的黄公略；和滕代远。

来了这么多军队，山上的条件变得很差了。部队没有冬衣，粮食奇缺。我们有好几个月几乎只靠吃南瓜过活，战士们喊出他们自己的口号："打倒资本主义吃南瓜！"——在他们看来资本主义就是地主和地主的南瓜。朱德留下彭德怀守井冈山，自己突破了白军的封锁，一九二九年一月，我们的第一次守山就此结束。

毛泽东和朱德率红四军三千人马从井冈山出发，向赣南、闽西进军。

采访过朱德的美国作家史沫莱特在她的书中这样描述：

在那出发作战的三千人里面，只有不到一半人携有某一类新式武器，其他的人只手持梭镖。有一些人穿得破破烂烂，倒还能看得出那衣服过去曾经是军装，其余的则穿着满是补丁的裤褂，脚下是绳鞋，头上缠着中国穷汉通常裹缠的五颜六色的头巾。

他们是消瘦饥饿的人群，许多人不过十五六岁或靠近二十岁，手掌又大又硬，脚板生满厚茧，对于他们来说，人生不过是经年劳累、穷困、缺乏安全和饱受欺凌。大部分人不识字。每一个人携带一条长得像香肠似的干粮带，斜挂在一边肩头上，另一头扎紧，斜拖到臀部。袋里装着够吃两三天的大米，过后只有靠地主的米缸，或是截获敌人运输队的大米来补充了。

他们的第二件装备是一条布制的子弹带，长的除了可以斜挂在两个肩膀上、在前胸和后背打两个交叉，还可以缠在腰部。手中有步枪的人，子弹带里还装有几发子弹；那些手持梭镖的，子弹带里却空空如也。朱德最后检阅部队的时候，便对梭镖战士们说："你们过不了多久就会拿上枪，你们的子弹带里也会装满子弹。"

朱德没有说错，转折是从朱毛红军攻占长汀开始的。

史沫莱特继续写道：

长汀那时由过去当过土匪头子的郭凤鸣把守，他是从土匪头子摇身一变而成为大地主和国民党将领的。他的队伍大部分是从惯匪和鸦片客里收编为国民党军的。只要能把这支队伍从长汀城墙后面引出城外，就有办法击溃它；不过，它除非确信红军又小又弱，是不敢出城的。

它只能从一条路线出城，这就是长汀北面的一条狭长山谷间的小路，山谷中间还有一条又急又深的河流奔腾穿过。红军露营的地点正在可以俯瞰这条山谷的冈峦上。

红军派遣他们的农民向导进入长汀，散布“赤匪”在城外一箭之遥的地方安营扎寨的消息，说他们的武器既少，弹药又缺；然后，他们就枕着步枪睡大觉，一直到天亮。

第二天午前。敌军两个团沿着山谷间的小路以一路纵队的队形开出来。通讯员跑来报告说，敌军司令坐着四人大轿跟着队伍。朱将军笑道：“大概是郭凤鸣亲自捡便宜来了。”敌军来到朱德和毛泽东计算好的地方，红军前哨便稀稀拉拉地开了几枪，装作仓皇失措，大叫大嚷地跑上山去。朱将军猜道，“我们的前哨只要放几枪，一定会把他们引上山来。”敌军果然立刻向上赶，而且越爬越高，一边喘气，一边流汗；一路上丝毫没有遇到抵抗，胆子越来越大。红军最后终于从隐蔽地点一拥而出，敌军吓得心惊肉跳，掉头便跑下山去。红军则如泰山压顶，直扑下来。在小路上虽然也有一些战斗，但敌军到了河边绝路，完全被解除了武装。

最后阶段正打得热闹，一名卫兵跑进朱将军的指挥所高叫道：“一个穿着高级军装，带着一身贵重财物的大胖子想坐船从河上逃走，被打死了！”

事后证明，这大胖子不是别人，正是郭凤鸣，那身贵重财物包括大金表、金链和在他肥胖手指上所戴的好几个戒指。

黄昏时分，红军占领了长汀，把城内的敌军统统缴械，第二天黎明，就在城内和城外方圆五十英里的地方建立起政权。毛泽东一如往常，毫不休息就展开工作，像在土地革命开始时一样，重新建立群众组织，并且筹备人民代表会议——或称苏维埃。长汀是整个地区的中心。有一些地主被捕了，有一些潜往南面的上杭城。不久，这一地区的土地就由村委会和区委会分配了。

长汀一战，缴获了郭凤鸣两千支步枪和几十挺机关枪，正如朱德下山时所说，手持梭镖的战士都端起了步枪。

不仅如此，朱毛还夺得了郭凤鸣一个拥有日本缝纫机的被服厂，红军终于有了第一批正规的红军军装：八角帽、红五星、一副裹腿和灰蓝色的军装。红军每人领到四块钱的津贴，上街理发洗澡，清除身上的虱子，全身上下焕然一新。

这首写于1929年秋的《清平乐·蒋桂战争》足以表达毛泽东那一刻的心情：

风云突变，
军阀重开战。
洒向人间都是怨，
一枕黄粱再现。

红旗跃过汀江，
直下龙岩上杭。
收拾金瓯一片，
分田分地真忙。

6

站在闽西苏区这片充满生机的土地上，我们能够想象，恽代英一定回忆起了同毛泽东交往的那些往事。

两人有太多的相似之处。

恽代英出生于1895年8月12日，毛泽东出生于1893年12月26日，恽代英比毛泽东小两岁。

两个人一个生在湖南，一个生在湖北，地缘相邻，性格相近。

毛泽东一生的最大愿望是想当教员。他在晚年斥责林彪加给他的“四个伟大”时说，什么伟大统帅，伟大舵手，伟大领袖统统不要，我只留一个导师。而恽代英在参加南昌起义之前几乎都是在学校教书，从受聘武昌中华大学附中教务主任（即校长）开始，继而宣城师范、泸县川南师范、上海大学，直到黄埔军校。

两人都是传统文化的反叛者。

当毛泽东站在湘江岸边橘子洲头，“指点江山，激扬文字，粪土当年万户侯”时，恽代英也在蛇山脚下黄鹤楼旁干着同样的激扬文字的事情。他在《东方杂志》、《新青年》、《光华学报》等刊物上发表了《论信仰》、《新无神论》、《文明与道德》、《物质实在论》、《经验与知识》等文章论著，宣传唯物论主义的思想认识，提倡科学与民主，打出反帝反封建的大旗，在中国的文化思想界的声名鹊起。

不只是“激扬文字”，两人都相约同好，组织社团。

1917年10月，恽代英和梁邵文、冼震、黄负生等人，在武昌发起并创建了一个“重自治不重他治，重利人不重利己”的进步青年团体互助社，后来林育南、刘仁静等人相继加入。毛泽东也在岳麓山下橘子洲头和萧瑜、蔡和森，同样创建了一个“集合同志，创造新环境，为共同活动”的进步青年团体——新民学会。

互助社的宗旨是：“砥砺品行、帮助学业、群策群力、自助助人。”并提倡互助友爱、不嫖不赌、洁身自爱。恽代英在“互励文”中写道：“我们不应该懒惰，不应该虚假，不应该不培养自己的人格，不应该不帮助我们的朋友，不应该忘记伺候国家、伺候社会。”而新民学会的宗旨是：“以革新学术，砥砺品行，改良人心风俗。”会员所需遵守的会规是：不虚伪，不懒惰，不浪费，不赌博，不狎妓。

思想观念的接近、行为做派的契合使两人开始有了较为频繁的书信往来。

五四运动后，毛泽东在长沙创办了《湘江评论》，创刊号一出来，他便及时地将刊物寄给武汉的恽代英，请为代售。恽代英则通过互助社兴办的书报贩卖部在武昌、汉口等地区极力宣传售卖，使毛泽东所写的《创刊宣言》和《民众的大联合》等文章得以在武汉进步青年中广为流传。

1936年六七月间，在保安，毛泽东对斯诺这样讲述：

1917年，我和其他几位朋友一道，成立新民学会。学会有七八十名会员，其中许多人后来都成了中国共产主义和中国革命史上的有名人物。参加新民学会的较为知名的共产党人有：罗迈，现任党的组织委员会书记；夏曦，现在二方面军；何叔衡，中央苏区的最高法院法官，后来被蒋介石杀害；郭亮，有名的工会组织者，1930年被何键杀害；萧子暲，作家，现在在苏联；蔡和森，共产党中央委员会委员……

大约就在这个时候，湖北成立了另外一个团体，叫做互助社，同新民学会性质相近。它的许多社员后来也成为了共产党人。其中有它的领袖恽代英，在反革命政变中被蒋介石杀害。现在的红军大学校长林彪也是社员（注：毛泽东把林彪的堂兄林育南误记成了林彪）。还有张浩，现在负责白军工作……

两人都是学生运动的组织者。

五四运动爆发时，恽代英正在武昌中大附中担任教务部主任（即校长），当他得知北京大学三千学生冲上街头举行游行示威的消息后，激情难抑，奋笔疾书了《四年五月七日之事》的传单，和林育南连夜赶印了六百份去运动场散发：

有血性的黄帝的子孙，你不应该忘记四年五月七日之事，现在又是五月七日了。

那在四十八分钟内，强迫我承认二十一条协约的日本人，现在又在欧洲和会里，强夺我们的青岛，强夺我们的山东，要我们四万万的中华民国，做他的奴隶牛马。

你若是个人，你还要把金钱贡献他们，把盗贼认做你的父母吗？

我亲爱的父老乡亲们，我总信你不至于无人性到这一步田地！

传单在运动场上空飞舞，如惊雷在人们心头轰响！

九日，《大汉报》刊登出了这张传单。同日武昌各校学生代表齐集中大，成立武昌学生团，声援北京学界。恽代英承命收集资料，夜以继日，写出了四千余字的《武昌学生团宣言书》，痛斥曹汝霖、章宗祥两个卖国贼，声援北京爱国学生……

六月一日，武汉学联发表《武汉学生罢课宣言》，全市中等学校以上举行罢课。

湖北督军王占元吓破了胆，派出大批军警包围武汉大、中学校，武汉街上巡逻的军警"首尾相衔，不绝于途"，学生们出不了大门，就从二三丈高的院墙翻出。学生们高擎白旗，冲开军警的封锁线，拥向大街，向阅马场、黄鹤楼、督军府前进，一时间全城沸腾，飞舞的传单，激昂的演讲，正义的声讨……一浪高过一浪，学生的洪流将全城淹没……

恽代英欣喜若狂："今日为罢课演讲之第一日，即湖北学生与官厅宣战之第一日也。"

王占元恼羞成怒，指挥军警大开杀戒，将刺刀刺向手无寸铁的学生。制造了武汉"六一"、"六三"惨案，学生陈开泰被刺身亡，数十名学生受伤……

武汉"六一"、"六三"惨案震惊全国，恽代英满腔怒火，奋笔写下《武汉学生被官厅解散最后留言》一文，将惨案真相公诸于世，愤怒声讨王占元残酷镇压爱国运动，大肆捕杀爱国学生的滔天罪行。该文油印好后，恽代英派人连夜赴长沙交给毛泽东。毛泽东临时增刊《湘江评论》第一号（1919年7月21日）全文刊登，并附声明坚决支持武汉学生的爱国运动，强烈声讨王占元的卖国行径。

血的教训擦亮了恽代英的眼睛，他明白单靠学生孤军奋战难以成功，遂和施洋律师等发起武汉各界联合会，组织商界罢市、工界罢工，迫使王占元释放了被捕学生，并向北洋军阀政府和参加巴黎和会的中国代表去电，提出拒绝在和约上签字的要求……

而在湖南长沙，毛泽东也在同年9月领导了声势浩大的“驱张”（敬尧）运动。以新民学会会员为领导核心的学生界、教育界一百多人参加的“驱张代表团”，分赴北京、上海、广州、衡阳、常州、柳州等地开展驱张活动，毛泽东亲自主持赴京代表团，沿途作驱张宣传。

毛泽东一夜未眠，连夜拟定了一个驱张文电，历数张敬尧的累累罪行及北洋军阀政府的黑暗统治，表达了湖南各界人士誓死驱张的决心。驱张文电传至武汉，恽代英立即安排互助社、仁社的成员印成传单，广为散发，同时还派人即刻过江，将其“快邮代电”去汉口发邮。几天之后，“快邮代电”相继在北京、上海、天津、济南等地报纸发表，形成了对张敬尧的强大舆论压力。

恽代英还组织武汉进步青年团体在武昌召开了声援毛泽东驱张的大会，会后举行了声势浩大的游行活动。

据利群书社成员廖焕星回忆，毛泽东由京返回长沙时，曾在武昌停留半月。这样，毛泽东、恽代英两位神交已久的战友得以首次相见。两双年轻的手握在了一起，这一握，又握出多少惊天动地的故事来！

7

毛泽东在武汉停留的十多天里，就住在利群书社里，两人时常促膝夜谈。恽代英告知毛泽东，他创办利群书社的目的就是要传播新思想、新文化，“利群助人，服务群众”。毛泽东听后，连声称好，并就利群书社如何发行进步书刊，吸引青年等与恽代英进行了深入探讨。毛泽东告诉恽代英，他回到长沙后，也办一个类似的书社，希望恽代英能给予支持。恽代英满口应允。

恽代英平日生活简朴，毛泽东在武汉的时日，他带着毛泽东去的最多的地方就是武昌青龙巷巷口的“谦记”牛肉豆丝汤小店，每次一人一碗牛肉豆丝汤，加上一大勺辣椒酱，吃得满头是汗，咂舌有声。

恽代英双手捧着汤碗，呼叫一声：“嚼得草根，可做百事。”

毛泽东咬一口辣椒：“笔扫千军，利国利群。”

两人相视大笑。

新中国成立后，毛泽东专程来到武汉，摆脱警卫，信步来到即将为建设长江大桥拆迁的黄鹤楼矶头，寻找当年的“谦记”老店，最后闻香寻味地停留在一小吃摊子跟前，还没坐下，就被一小学生认出，高呼一声：“毛主席！”无数市民闻讯赶来，高呼：“毛主席万岁！毛主席万岁！”将毛泽东团团围在人群之中。毛泽东一边挥手，一边和身边群众握手言笑。当地的领导干部却吓得要死，赶紧前来救驾。解围之后都言领袖痴，不注意安全，一人任性，劳累多少人。岂知毛泽东来这里为寻找当年的温情记忆，可惜不见故人，只留下崔颢的“昔人已乘黄鹤去，此地空余黄鹤楼”诗句吟咏。

当年，恽代英创办利群书社可是费了不少周折的。

开书社缺乏资金，恽代英找到伯父，请他捐资二十元，正巧书报贩卖部又转来三十五串钱，他便租下武昌胡林翼路十八号一个店铺，由李书渠写了个纸条贴在门上作为书社招牌，把店门打开，算是正式开张了。这天是1920年2月1日，门外下着大雪。

关于书社的开办，恽代英后来这样记述：

这时有几个钱在手里呢？最初只有书报代售部转来钱三十五串文，及代英伯父所捐有二十圆，这便是所有的资本。从这样的资本中，第一二天便付了房租二十六串，桌椅及厨房用具共约三十三串，这便剩余无几了。搬进书社的日子，正是阴历年底。本来明知没有什么生意可做，但因怕新年租不好合适房子，只好拼着多担任一点房租，只作为是大家住栈房一样。大家既然搬进来了，亦想着不管有没有生意，横竖开了门做一笔生意总可以贴补一点，于是清理了两天房屋，在一天大雪的日子，把店门便打开了。

我们为节省费用，亦自己练习勤劳。什么书报书架什物，都自己搬移。穿个长衫，背着一人长的书架子，或抬着桌子，提着几十斤重的书包，这都是大家破天荒的劳动生活。我们开始只说以新、光耀两个人住书社内面，自起伙食；代英等每日来服务，读书。第一天以新等自己烧水，半天不燃，食物半天不熟，一闹一天，别的事都几于不能做。这样，看势头不对，又约了书渠、光国、光楚进来。遂约定以新、光耀、光国、书渠、代英轮流烧火做饭及市面服务。大家都是外行，自然每次做饭耗时很多，然仍每弄得夹生或焦黑。好在炉火油盐任意的用，每次饭如看势不好，便加水与油盐，索性一煮。大家吃这种半干半稀的饭，倒亦格外快活，每顿饭吃到没有余粒为止。菜只规定有两种蔬菜，只是猪油用的多、味亦很可口。这个时候一天固然做功课很少，但大家住的非常快活。他们说：这是老天爷养成所。

还有味的，便是开始没有许多铺板。他们决定楼上便就地开铺，楼板上糊报纸一层，被褥便放在上面。四个人睡得地方都连接在一处。在那寒风冷雪的时候，大家仍然觉得很好。阴历新年的时候，他们唱歌谈话极为畅快。

……

书社开张后，周围很快集合了一批志同道合的热血青年，陈潭秋、林育南、肖楚女、李书渠、李求实、廖焕星等都是骨干，施洋也成为书社的热心读者。日新社、辅仁社、健学会等团体的会员纷纷前来参加。白天，他们身着长衫，自己动手整理店堂，卖书卖报，轮流烧火做饭；书社打烊后，他们就聚在一起学习，各自自省，并填写“自省表”，检查当日是否做了利群助人的事，进行批评和自我批评。

利群书社经销《共产党宣言》、《共产主ABC》、《马克思资本论入门》、《阶级争斗》等著作和《新青年》、《共产党》等刊物，成为长江中游宣传马克思主义和新思想的重要阵地，无形中成为武汉地区进步青年的聚集地和对外联络点。它与《新青年》、《新潮》、《少年中国》等杂志社有业务往来，和北京、上海、长沙等地的进步社团保持密切联系。许多青年从这里出发，走上了革命道路。如：李求实、唐际盛、肖鸿举、廖焕星、王尚德、李书渠等。

再说毛泽东，他驱张成功回到长沙后，也在这年9月成立了长沙文化书社。毛泽东恳请恽代英作信用介绍，以便文化书社向外埠订购图书时，和利群书社一样免去押金。恽代英兑现承诺，以利群书社作抵押担保，为长沙文化书社购进了大量进步书籍刊物。毛泽东对此甚为感激。

两个书社往来密切，成为长江中上游宣传马克思主义和新思潮的并蒂莲花。恽代英和利群书社成员廖焕星应文化书社的邀请多次到长沙、衡阳一带开展宣传活动。他们在文化书社的协助下，举办各种形式的读书会、讲演会，大力宣传马克思主义和新思想新文化，猛烈抨击封建黑暗专制。而文化书社成员易礼容也经常到武昌参加利群书社组织的各类活动，与利群书社成员交流思想，加强联系。同年秋，在恽代英的要求下，利群书社成员唐际盛、卢斌等人经毛泽东介绍到长沙第一师范二部学习，这些人后来在毛泽东的直接教导下，成为坚定的革命者。

后来，恽代英又和林育南、林育英（张浩）等在武昌大堤口创办了小型的利群毛巾厂。恽代英经常组织利群书社的成员到毛巾厂劳动，进行半工半读。

毛泽东的长沙文化书社也照此开办了一间织布厂，恽代英便将有织布技术的林育英派去协助办厂，帮助他们提高产品质量。

长沙文化书社社长易礼容后来回忆这段经历时写道：

在利群书社时，我见代英每顿吃饭，总是用一只粗碗，装一碗饭，加一点素菜，蹲在僻处吃完了事，从无例外吃一点好的。……我回湖南后，他和我通信，总是用明信片密密麻麻写一整面，不肯多费信纸信封……

1921年夏秋间，毛泽东同志计划在长沙创办长沙织布厂，因我在利群书社时知道黄冈团凤林育南同志家办了一个织布厂，用的是比当时农村木机子较为进步的所谓铁机子，于是决定由我去黄冈聘技师来长沙办厂。恰值代英和利群同仁集合在黄冈开会，讨论进行湖北的革命工作，我也被邀出席了。此次我聘了技师回湘，技师还带了林育英同志和另一位姓邓的两名徒工来厂织布……

我个人的感受，当年恽代英同志在湖北的地位和作用，大致相当于当年毛泽东同志在湖南的地位和作用……

8

1920年秋，恽代英受陈独秀委托翻译了考茨基的《阶级斗争》，并于1921年1月由新青年社出版。此书对毛泽东由一个激进的民主主义者转变成为一个马克思主义者起到了极大的推动作用。后来，毛泽东在保安曾向斯诺谈起这段经历：

1920年冬天，我第一次在政治上把工人们组织起来了，在这项工作中我开始受到马克思主义理论和俄国革命历史的影响和指引。在我第二次到北京期间，读了许多关于俄国情况的书，我热心地搜寻那时候能找到的为数不多的用中文写的共产主义书籍。有三本书特别深的铭刻在我的心中，建立起我对马克思主义的信仰。我一旦接受了马克思主义是对历史的正确解释以后，我对马克思主义的信仰就没有动摇过。这三本书是：《共产党宣言》，陈望道译，这是用中文出版的第一本马克思主义的书；《阶级斗争》，考茨基著；《社会主义史》，柯卡普著。到了1920年夏天，在理论上，而且在某种程度的行动上，我已成为一个马克思主义者了，而且从此我也认为自己是一个马克思主义者了。同年，我和杨开慧结了婚。

……

毛泽东说这段话时盘膝而坐，背靠在两只公文箱上，点燃了一支纸烟，很享受的样子。斯诺说，他的第二任妻子贺子珍静静地坐在旁边，兴趣盎然地听着。

几乎和毛泽东同时，恽代英也开始了自己一生中的重大转变，对自己信仰过的无政府主义和新村主义开始怀疑和批判。

而这一切是从他参加少年中国学会开始的。

事情缘起于好友刘仁静的一封来信，信的内容是希望恽代英加入少年中国学会。

少年中国学会由王光祈和李大钊等发起，1919年7月1日在北京成立，学会的宗旨是："本科学的精神，为社会的活动，以创造'少年中国'。"刘仁静是第一批会员。

秋天的夜晚，在昏暗的煤油灯下，恽代英半倚在床头，读着刘仁静的来信。当他读到少年中国学会的信条是"奋斗、实践、坚忍、俭朴"时，按捺不住心中的激动，一激灵坐了起来，对躺在身边的内弟沈光耀说：我要去北京。

去北京？

对！去北京，见李大钊，加入少年中国学会。

他连夜给学会执行部主任王光祈写信，他在信中写道："假如我配得上做你们的朋友，我实在诚心的愿做一个会员。"

王光祈很快回了信，恽代英如愿以偿，成为少年中国学会的一名会员。

毛泽东也是少年中国学会的会员。

毛泽东是王光祈通过李大钊的介绍认识的。1918年秋，毛泽东和李维汉、罗章龙等二十名青年从长沙来到了北京，准备去法国"勤工俭学"。他未来的岳父杨昌济介绍他认识了当时任北京大学图书馆主任的李大钊，李大钊便安排他到图书馆当一名助理员，每月薪水八元。

毛泽东曾这样对斯诺回忆这段经历：

我的职位低微，大家都不理我。我的工作中有一项是登记来图书馆读报的人的姓名，可是对他们大多数人来说，我这个人是不存在的。在那些来阅览的人当中，我认出了一些有名的新文化运动头面人物的名字，如傅斯年、罗家伦等等，我对他们极有兴趣。我打算去和他们攀谈政治和文化问题，可是他们都是些大忙人，没有时间听一个讲南方方言的图书管理员要说些什么。

这时，毛泽东和年龄相仿的王光祈成了朋友。

几个月后，毛泽东去上海送湖南的朋友们上了去法国的轮船，因毛泽东不想去法国，便独自回了长沙。1919年年底，毛泽东率领湖南驱逐军阀张敬尧代表团到京上访，和王光祈再次相聚。经王光祈介绍，毛泽东正式加入了少年中国学会。这是毛泽东平生加入的唯一一个由别人创办的社会团体。

就这样，恽代英和毛泽东都成为了少年中国学会的会员。

不只是恽代英和毛泽东，少年中国学会可谓精英荟萃，名士云集。鼎盛时期的一百零七名会员中，后来加入共产党的除毛泽东、恽代英外，还有李大钊、邓中夏、高君宇、刘仁静、赵世炎、张闻天，几乎将“中共一大”四分之一的代表囊括其中；国民党方面，除了先为共产党，后为国民党的周佛海，还有杨亮工（官至考试院院长）、吴保丰（官至教育部次长），沈怡（官至南京市市长）；以及后来青年党的核心成员左舜生、李璜、陈启天；更有科学、教育、文化界的名流：朱自清、宗白华、田汉、张申府、许德珩、李人、方东美、舒新城、杨钟健、康白情；甚至还有40年代成为中国“船王”的卢作孚。以至于到了40年代有人就说，当今中国已是“少年中国”的天下。

加入“少中”后，恽代英担任“少年中国学会丛书”的编辑工作，在他最初开列的二十六种书目中，马克思的学说放在重要位置。此时，“少中”主办的《少年中国》月刊行销网络通达九省,与《新青年》、《新潮》呈三足鼎立之势，一时洛阳纸贵。末代皇帝的英文老师庄士敦曾欲以《少年中国》来重塑禁于深宫中的溥仪。

然而，少年中国学会在运行两年后遭遇分裂。

分歧最初是缘于工读互助团的失败。

1919年底王光祈写了一封长信给左舜生，详细谈了自己工读互助团的具体设想，建一个“小菜园”：在距城市不太远的乡下，租个小菜园，不大不小，够十余人种即可；再在其中建十余间房子，用中式建筑，分上下两层楼，楼上作我们的书房、阅报室、办公室、会客室、藏书室、游戏室等等，楼下作我们的卧室饭厅等等。园子西南角上建筑一个厨房，东北角上建筑一个厕所，房子后面建上一个球场。园子周围挖条小溪，溪边遍种柳树，柳树旁就是竹篱，竹篱里是菜园。大家生活日程的安排：每天种菜两个钟头，读书、翻译各两个钟头，其他时间娱乐。种菜是为了从事户外劳动，于身体有益，且有收入；读书是为了寻精神上的快慰；翻译是为了介绍欧化，以革新一般人的思想；还可以办印刷局，既传播新知，又获得收入。各国出的新书，我们可以立即把它们翻译、印刷出来，“我们就是文化交通上的‘火车头’！”

王光祈设计的这个“菜园新村”集劳动、读书、娱乐为一体，构成比较完整的半工半读体系，他急切地呼吁：“我们不要再作纸上的空谈了，赶快实行我们神圣的生活！”

王光祈给他的“小菜园”设想定名为：“工读互助团”。

蔡元培、胡适、陈独秀、李大钊等鼎力支持，并给工读互助团捐款（陈独秀三十元，胡适二十元，李大钊十元）。一时间，工读互助团声名大振，不到半月工夫，捐款已达到将近一千三百元，大大超过了计划的一千元。

在王光祈、李大钊、蔡元培、陈独秀、胡适、周作人、高一涵、罗家伦等十七人发起下，北京工读互助团率先成立，有团员三十多人。按照王光祈的规划，三十多人分成三个组：第一组十三人，设在北大附近；第二组十一人，设在北京师范学校附近；第三组“全由女子组织”，设在女子高等师范附近，也有十多人。这些小组以办俭洁食堂、洗衣局、石印局、平民补习学校，乃至织毛巾、袜子，制作四川腌肉、火腿、香肠等为“勤工”的内容，工余则“按照指定的科目、时间往北大上课”。

工读互助团成立后呈现出一派生机勃勃的发展势头，1920年1月15日，蔡元培在《少年中国》上专门著文《工学互助团的大希望》，高度评价了工读互助团：“要是本着这个宗旨推行起来，不但中国青年求学问题有法解决，就是全中国最重大问题，全世界最重大问题，也不难解决，这真是大有希望的。”

北京工读互助团的模式被各地纷纷仿效。

5月，毛泽东和彭璜、张文亮几个人在上海的民厚南里租了几间房子，实验过工读互助的生活。他们共同做工，共同读书，有饭同吃，有衣同穿。毛泽东担任洗衣服和送报纸的工作。6月，旅沪的湖南学生又组织了“沪滨工读互助团”。在这一年里，武昌、南京、天津、广州、扬州也都成立了工读互助团。

但好景不长，毛泽东在尝试了互助工读一个月后，便很快察觉这种团体生活中难以克服的弊端。6月7日，他写信告诉北京的黎锦熙：“工读团殊无把握，决将发起者停止。”而此时的北京工读互助团也和他们一样陷入了经济紧张、人心涣散的窘境，最后不得不解散。

王光祈并不认输，一年后，他在与恽代英的通信中还在为这一运动和理想辩护，认为失败“完全是‘人的问题’，而非‘法的问题’”。而所谓“人的问题”，就是没有仔细选择“既能了解，又能实行”真正的工读精神的团员。

北京工读互助团的失败消息使恽代英非常惋惜，但也从中警醒。

他在《怎样创造少年中国?》一文中写道："若我们一天天走受掠夺的路，却谈什么无政府主义，这只是割肉饲虎的左道，从井救人的诬说。"在《未来之梦》中更是承认"个人主义的新村是错了"。特别是在翻译《阶级争斗》一书的过程中，恽代英开始明确：要改造中国必须进行阶级斗争，从根本上改变社会制度。

1921年7月1日，当毛泽东作为湖南代表秘密去上海参加共产党一大时，恽代英正在南京参加少年中国学会的年会。在加入共产党的时间上，恽代英比毛泽东慢了半拍。

这次年会成为恽代英信仰的转折点。

年会在南京高等师范学院梅庵召开，会上，邓中夏、高君宇、刘仁静等人和左舜生、陈启天等人之间展开了激烈的争论。邓中夏等坚决主张学会应确定社会主义的方向；左舜生们则坚决反对，主张学会成为从事"社会活动"的改良主义团体。

双方剑拔弩张，各不相让。恽代英心中赞成邓中夏的意见，但又怕学会分裂，便从中调和，以免"伤感情、生隔阂"。然而，在那样一个思想大解放的年代，处于社会变革洪流中的各色青年精英都在重新选择属于自己的道路，学会分裂不可避免。会后不久，恽代英便在给学会负责人杨钟健的信中表明了自己的态度：

我在南京曾立为学会作调和派。调和非我本意，然当会及会后均见学会有树立一定明确旗帜的必要，实无调和的余地……

我私意近来并很望学会为波歇维式的团体，这是年会后思想的大改变（波歇维式意即布尔什维克式）……

恽代英从南京返回武昌后，即和林育南等人商议，决定在利群书社的基础上，联合其他进步团体，成立一个类似于苏俄布尔什维克的组织。

7月16日，恽代英和林育南、李求实、林育英、李书渠、廖焕星、郑遵芳、冼百言、唐际盛、卢斌、沈光耀等二十四人，聚集在湖北黄冈回龙山区白羊山下的浚新小学内成立了“共存社”。长沙文化书社的易礼容也前来参加。

共存社是一个具有共产主义小组性质的革命团体。恽代英在经历过各种社会思潮包围中的挣扎之后，最终选择了马克思主义的道路。正如毛泽东对斯诺所说的一样，一经选定便从没动摇过！

也就在那一个夏天，毛泽东和恽代英的另一位好友刘仁静悄悄去了大上海，他们同其他十一名共产党人一道秘密集结在上海法租界望志路106号，宣告了一个崭新的政党——中国共产党的成立。有两位外国人，共产国际代表马林（荷兰人）和赤色职工国际代表尼克尔斯基（俄国人）见证了这一庄严的时刻。

没过多久，恽代英也加入了中国共产党。

9

我们可以想象，当恽代英站在闽西苏区的土地上，回忆起青春年少时的一幕幕往事，定然心潮澎湃，激情难抑。

他和毛泽东的心是相通的。

后来在上海、在广州，他又同毛泽东几度共事，更证明他们在观念上、行动上是契合的。

大革命失败后，恽代英参加了南昌、广州等中心城市的起义，毛泽东则选择了农村，领导秋收起义。

军叫工农革命，
旗号镰刀斧头。
修铜一带不停留，
要向平浏直进。

地主重重压迫，

农民个个同仇。
秋收时节暮云愁，
霹雳一声暴动。

毛泽东在1927年写的这首词《西江月·秋收起义》，描绘了他领导下的湖南秋收暴动的情景。一边打仗一边写诗，这需要何等的男儿情怀!

现在事实证明，毛泽东的路走对了。

躲在大上海的亭子间藏头缩手，整天脱离实际地空想，哪如在山谷林野放手驰骋来得痛快！打得赢就打，打不赢就跑，真刀实枪与敌军对垒，那是何等的畅快淋漓！难怪，中央要调毛泽东去上海工作，毛泽东却宁愿当这“山大王”而不愿离开。

看到眼前朱毛用枪杆子开创的大好局面，他又怎么能不为之大声惊呼、呐喊!

其实，在恽代英去闽西考察之前，朱毛的井冈山也曾一度出现严重危机。

外部危机是敌人的重重封锁；内部危机主要表现在两封信上，一封是毛泽东给林彪的公开信，一封是“二月来信”。

第一封信是关于“红旗到底打多久?”

“红旗到底打多久?”是毛泽东在给林彪的一封复信中的主要内容，所以，史学界后来出现两种看法，一说提出这疑问的是林彪，一说不是，各抒己见。

四十年后，林彪重回井冈山，故地重游，思绪万千，一向身体虚弱的他居然能跋山涉水，登黄洋界观云，临小井龙潭听瀑，到七溪岭追忆往昔。兴致勃勃的林彪还让他人捉刀，填写《西江月·重上井冈山》一词，其中写道:

四十年前旧地，万千往事萦怀。英雄烈士启蒿莱，生死艰难度外。　　志壮坚信马列，岂疑星火燎原。辉煌胜利尽开颜，斗志不容稍减。

林彪以“岂疑星火燎原”为自己正名。据说，代笔者最初写的是“何疑星火燎原”，林彪大笔一挥，改为“岂疑星火燎原”。

“红旗到底打多久”，是谁提出的疑问并不重要，重要的是红军内部出现了这种具有代表性的悲观情绪。

于是，毛泽东1930年1月5日借着给林彪复信，提出了那个著名的论断：星星之火，可以燎原！这是一封公开信，毛泽东在古田镇整整花了一天时间写毕，长达七千字。

在这封信中，毛泽东除对那些右倾悲观思想作了分析批评外，更多的是阐明了他的关于中国革命要“以乡村为中心，以农村根据地促进全国革命高潮”的思想。在信的最后，毛泽东以充满诗意的笔触描绘了一幅令人鼓舞的前景：

马克思主义者不是算命先生，未来的发展和变化，只应该也只能说出个大的方向，不应该也不可能机械地规定时日。但我所说的中国革命高潮快要到来，决不是如有些人所谓“有到来之可能”那样完全没有行动意义、可望而不可及的一种空的东西。它是站在海岸遥望海中已经看得见桅杆尖头了的一只航船，它是立于高山之巅远看东方已见光芒四射喷薄欲出的一轮朝日，它是躁动于母腹中的快要成熟了的一个婴儿。

第二封信，中央的“二月来信”，曾经导致了毛泽东的去职。

中共六大以后，中共中央曾几次派人给朱毛送信，都没得到回音。中央在焦急和担心之下于1929年2月由周恩来再写一信，史称“二月来信”。由于信息隔绝、情况不明，因而在信中对红四军的生存、作战，以及在所承担的任务、发展方向等问题上，都作出了一系列的错误判断。

来信要求红四军将部队划分成若干股小部队进行活动，以免遭致敌人攻击；同时还明确要求红四军领导人毛泽东、朱德为避免目标过大引起敌人的注意，“应毅然地脱离部队，速来中央”，并“将一年来万余武装群众的斗争经验贡献到全国以至整个的革命”。

面对中央的来信，毛泽东陷入了进退维谷的境地，“不从则迹近违抗，从则明知失败。”他心里十分清楚，这是中央不了解对敌斗争的实际情况，对客观形势和主观力量的估计太悲观所致。一年多的实践证明，“分兵以发动群众，集中以应付敌人”是战胜强大敌人的成功经验。若只是一味地强调分兵而不加区别对待，最终只会造成军事上的薄弱，不利于作战的需要和根据地的建设。

4月5日，毛泽东在给中央的回信中，对红四军集中使用兵力一事进行了据理申辩，说明红四军为什么不能分散使用兵力的原因。至于他和朱德离开红四军一事，则认为必须要安排合适的人选来接替。他在信中写道：“现在党的指挥机关是前委，毛泽东为书记；军事指挥机关是司令部，朱德为军长。中央若因别的需要朱、毛二人改换工作，望即派遣得力人来。我们的意见，刘伯承同志可以任军长，恽代英同志可以任党的书记。两人如能派得来，那是胜过我们的。”

在有关红四军生死存亡的重大关头，毛泽东力荐恽代英接替自己，由此可见恽代英在毛泽东心中的分量。

中央没有派去恽代英，却派去了刚从苏联回国的刘安恭。

刘安恭机械地执行中央“二月来信”，把朱毛分成两派，朱是拥护中央派，毛是反对中央派。刘安恭主持临时军委会议，指责毛泽东搞“家长制”、“书记专政”、“自创原则，不服从中央指示”。

6月，在红四军党的第七次代表大会上，陈毅当选为前委书记，毛泽东只当选为委员。陈毅对毛泽东和朱德各打五十大板，对“毛泽东同志予以严重警告，朱德同志予以书面警告”。毛泽东对陈毅各打五十大板的做法严重不满，怒斥陈毅搞折中主义，表示不取消陈毅主义决不回红四军。

会后，毛泽东离开红四军，带贺子珍、黄琳等去闽西调研。8月陈毅征求毛泽东意见后代表红四军去上海向中央汇报工作，李立三、周恩来等在听取陈毅汇报后，起草了《中共中央给红四军前委的指示信》，通称“九月来信”，信中肯定了毛泽东关于根据地和建党建军的正确主张，最终做出决定：“毛同志应仍为前委书记。”陈毅将信带回军部后，和朱德一起派出一个连队专程到苏家坡迎接毛泽东回到红四军。毛泽东对朱德笑道：朱毛朱毛，没有朱哪有毛。朱德紧握毛泽东的手说，不，是朱不能没有毛。两人相视大笑。

恽代英到闽西苏区时，毛泽东早已重回红四军任前委书记，并写了给林彪的那封信。

在闽西苏区十多天的时间里，恽代英亲眼见证毛泽东创建的红色根据地的真实情况，对这位兄长以农村为中心，创建根据地的思想和实践有了更为深刻的理解。

10

恽代英为毛泽东创建的闽西苏区发自内心地鼓与呼，在他主编的《红旗》杂志上连发两篇文章，一篇是《请看闽西农民造反的成绩》，一篇是《闽西苏维埃的过去与将来》，引发了李立三的极大不满。

其实，李立三之前并不反感毛泽东，并且曾经推崇。他在1929年6月15日代表中共中央发给贺龙的指示信中曾说，应学习朱毛的游击战术。

而毛泽东也对李立三以兄相称，嘱托私事，视为朋友。

在陈毅带回中央“九月来信”，毛泽东复职后，曾单独给李立三写一信：

立三兄：

多久不和你通讯了，陈毅同志来才知道你的情形。我大病三个月，现虽好了，但精神未全复原。开慧和岸英等我时常念及他们，想和他们通讯，不知通信处。闻说泽民在上海，请兄替我通知泽民，要他把开慧的通信处告诉我，并要他写信给我。

我知识饥荒到十分，请你时常寄书报给我，能抽暇写信指导尤幸。

独秀近来行动真岂有此理，中央的批驳文件已经收到，我们当普遍的宣传。

共产主义的敬礼

毛泽东

与恽代英相比，或许李立三认识毛泽东更为早一些。大约是1916年（一说1915年），李立三在长郡中学上学，一天在南城门看到一则油印的启事，引句为《诗经》语："愿嘤鸣以求友，敢步将伯之呼！"内容大意是：愿意与有爱国热情的青年联络，愿与刻苦耐劳、意志坚定、随时准备为国捐躯的志士为友。落款署名"二十八画生"，启事末尾注明了联络方法。读了启事，李立三觉得这个"二十八画生"胸怀救国救民大志，可钦可敬。经过一番分析猜测，推断出这个"二十八画生"可能是毛泽东。因为，毛泽东的繁体字刚好是二十八画。当时，毛泽东在长沙学生中间名气很大，传称他是"怪人"。怎么怪？数九寒冬，穿着单衣爬山绕城，并迎风大唤，谓之风浴；炎热夏季，赤身站在操场上或游泳后躺在沙滩上暴晒，谓之日光浴；大雨如注，他站在操场上让倾盆大雨淋个痛快，或者独自一人顶风冒雨登上岳麓山顶，然后跑下山来，说是雨浴；有时几天不吃饭，说是锻炼肠胃；在最热闹的繁华市区看书，说是锻炼心力；并且一年四季坚持早晨到井边用吊桶打水从头到脚冷水浇身，寒冬腊月也不间断。他和同学们约定"三不谈"：不谈金钱，不谈男女间的事，不谈家务琐事。否则，就不能做朋友。他还自撰一副对联挂在床头：苟有恒，何必三更眠、五更起；最无益，莫过一日曝，十日寒。

出于好奇，李立三决定会会毛泽东。

其时，毛泽东在长沙第一师范读书。中秋节那天，李立三与一位姓邓的同学相约，一起去第一师范看毛泽东。在学生宿舍和自修室都没找到他，又找到教室，但见讲台上坐定一人，正在聚精会神地看一本书。有同学指认，那就是毛泽东。那年李立三只有十七岁，毛泽东二十三岁，比李立三大六岁，因而在李立三眼中毛泽东像个大先生，加上先前他的"怪人"印象，心中不觉忐忑，见了面却没敢上前说话。李立三假装去看墙上贴的课程表，有意悄悄地从毛泽东身后绕过去，看到毛泽东看的是《宋史》。等李立三走下讲台后，毛泽东发现了他，起身向他走来，李立三见状，心里一慌，赶忙拉同学一块走开了。

后来在延安，毛泽东向斯诺回忆此事时说：

"我这时心情舒畅，需要结交一些亲密的同伴，有一天我就在长沙一家报纸上登了一个广告，邀请有志于爱国工作的青年和我联系。我指明要结交能刻苦耐劳、意志坚定、随时准备为国捐躯的青年。我从这个广告得到的回答一共有三个半人。一个回答来自罗章龙，他后来参加了共产党，接着又转向了。两个回答来自后来变成极端反动的青年。半个回答来自一个没有明白表示意见的青年，名叫李立三。李立三听了我说的话之后，没有提出任何具体建议就走了。我们的友谊始终没有发展起来。"

因而，在毛泽东眼中，李立三是他的半个朋友。

但是，世事变迁，随着李立三执掌中央，推行他的总暴动计划后，李立三却感到了来自"毛泽东游击路线"的威胁。他曾在后来的一次中央政治局会议上讨论关于目前政治任务决议案草案时，对毛泽东提出过尖锐的批评：

在全国军事会议中发现了妨害红军发展的两个障碍，一是苏维埃区域的保守观念，一是红军狭隘的游击战略，最明显的是四军毛泽东，他有他一贯的游击观念，这一路线完全与中央路线不同。他以为江西是革命首先胜利的区域，条件是：一，资产阶级弱，二，无地方军阀，三，帝国主义的力量弱。他对红军的发展，则完全是游击战争的观念。这一问题必须要根本解决。游击战争的战术已不适合于现在的形势……

于是，在恽代英和李立三之间终于爆发了一场关于毛泽东的争论。

李立三说："毛泽东有整个的路线，完全与中央不同。我最近发表的一篇文章就是直接批评毛泽东的以农村为中心的想法的。想想看，以农村为中心，这本来就是一种幻想，一种绝对错误的观念。这是一种农民意识、地方观念、保守观点。"

恽代英的看法却截然相反："我不同意你这种看法。我很赞赏毛泽东主张的以工农武装割据、包围城市、进而夺取城市的办法。我通过这次在福建调查，在闽西苏区我看到了希望。依靠工农，建设苏区，不断把苏区扩大，步步前进，这样来逐步地包围中小城市，甚至大城市，进而夺取城市。这个办法是切合目前实际的。我赞赏这个办法。"

李立三嗤之以鼻："农村包围城市？乡村和城市究竟哪个重要？乡村只是统治阶级的四肢,而城市才是他们的头脑和心脏。单单折断它的四肢,占领乡村,而没有斩断它的头脑,炸裂它的心肺,还不能致它的最后的死命。这一斩断统治阶级的头脑、炸裂它的心肺的残酷斗争,主要是靠工人阶级的最后的激烈战斗,进行城市武装暴动才能完成。所以我认为还是要把进行城市武装暴动作为主体来进行我们的工作,应该从这个基点上来制定党的方针、政策和任务。"

恽代英对李立三的主张并不认同："我们制定方针、政策、路线，应该根据中国当前的实际情况，进行充分的调查研究并进行阶级分析，判断阶级力量的对比，不能光凭主观愿望。我这次在福建经过认真的调查研究之后，才同意毛泽东的以农村为中心，创建根据地的意见。闽西斗争的发展证明了这一点。闽西八十万农民建立了苏维埃，就是实现这个方向的第一步。"

李立三依然坚持自己的主张，他强调："把工作重点放在城市是六大决议指出的。”

恽代英回答：“决议只给我们定出个方向，实现的方法应该自己创造。”

李立三心头火冒三丈：“你只看到闽西，看到朱毛，而没有从全局着眼。应该看到全世界帝国主义已经没落。要看到国内军阀的混战，敌人正在分崩离析。还要看到人民力量的强大，全国人民已经觉悟起来了。现在大别山、湘鄂西、陕北，包括井冈山等地群众纷纷起义，其势如燎原烈火。所以我认为，从当前国内国际总的情况来看，世界革命有首先在中国爆发的可能，而且中国革命的爆发，必定会引起世界革命的兴起。”

没容恽代英回答，李立三接着说：“瞧着吧，革命高潮马上就会到来，应该说，现在已经到来了，就是你还没有看见。我们应该积极准备，立即夺取上海，占领上海。不但是上海，而且还要夺取广东，夺取武汉呢。”

听着李立三毫不尊重敌强我弱事实的宏论，恽代英也激动起来：“你对形势的估计完全是错误的，违反了革命发展不平衡的原则。现在竟要组织全国暴动，更是主观主义的，是不可容许的盲动主义，是儿戏，是极其严重的政治错误！你还嫌咱们的人被国民党杀得不够吗！”

李立三勃然大怒：“只有机会主义者看不清现实，也不相信现实，你这种人就不应该留在领导机关，应该立即下去，到基层去，到各级行动委员会去看看，受受教育！”

就这样，恽代英被戴上了“取消派”、“调和主义”、“右倾机会主义”等大帽子，免去了在中央担任的职务，调任沪中区担任行动委员会主任。

第二章 被捕

1

这是恽代英被李立三第二次撤职。

第一次撤职是在广州起义失败以后。

根据中共中央决定，1927年12月11日，张太雷、恽代英、叶挺发动了广州起义。

12月11日凌晨一时许，静寂的夜空突然响起了紧急集合的哨声，叶剑英领导的国民革命军第四军教导团所在营房，迅速聚集起了三千健儿，顿时把大饭堂挤得满满当当。突然，士兵们欢呼起来，张太雷、叶挺、恽代英、叶剑英在士兵们的欢呼声中，登上了主席台。

教导团是由武汉中央军事政治学校的一千三百多名学生改编的，其中共产党员有二百多人。他们一见到恽代英，倍感亲切。自从汪精卫在武汉公开反共后，军校的学生一直没有见到过他，现在他突然出现在大家面前，一个个心里都有说不出的兴奋与激动。从南昌起义到现在，恽代英从来没有休息过一天。他比过去更瘦了。在这十二月的天气里，他上身只穿件对襟的单短褂，下身穿条白色条纹单裤，赤脚穿双胶鞋，在深夜的寒风中，肩膀微微向上耸着，但脸上却如先前一样带着自信的微笑。

起义总指挥张太雷宣布了举行广州起义的决定，尔后由恽代英作战前动员。

恽代英深吸一口气，用充满激情的话语开始演讲："同志们，我离开你们好几个月了，很想念你们，我知道你们每个人的胸中都埋藏着对国民党反动派的无穷怒火。在九江，在韶关，两次都被国民党反动派解除武装。前天，你们的叶团长告诉我们，反动派又想要解决你们的武装。这回我们可不交枪了。今天我们要报仇，要暴动，要起义，要和反动派算账，要讨还血债，要夺取政权，建立自己的工农民主政府。你们要勇敢战斗，解除敌人的武装，取得暴动的胜利！"恽代英的手臂从半空中劈向前方。

战士们群情激动，高呼着：胜利！胜利！

接着，广州起义的总指挥叶挺下达了战斗命令。

凌晨三时三十分，起义的号炮、枪声响了。曳光弹在夜空划过，炮弹的红光四处闪烁。冲锋号声、枪声和战士们的呐喊声响彻云霄。教导团的士兵和广州工人赤卫队如猛虎下山，冲向沙河营盘、敌公安局、敌十三军留守处……

此时，粤系的军阀张发奎正与桂系军阀李济深为争夺广东地盘在相互混战，广州城防空虚。守城敌军被起义军吓破了胆，狼狈逃窜。

部队很快攻占了驻省国民党首脑机关和军警机构，在熊熊燃烧的血与火中竖起了苏维埃政府大旗。

12日中午，广州工农民主政府在西瓜园举行了万人大会，正式宣布广州苏维埃政府成立。苏维埃政府主席为苏兆征(未到任前，由张太雷代理)，恽代英担任秘书长。

苏维埃政府成立后，恽代英组织由青年学生和妇女组成的宣传队，巡回各马路，高呼口号和散发传单。他主编的《红旗》号外，刊登了由他主持起草的“告全国工农兵群众和全世界无产阶级的宣言”等文件。这个宣言阐述了为广大工农兵利益而奋斗的苏维埃政府的政纲。

仓皇逃到驻珠江南岸海钟寺第5军军部的国民党广东省政府主席陈公博及张发奎、黄琪翔（第4军军长）等人，立即电令驻肇庆地区的第12师、第26师第78团，驻东江地区的第25师，驻顺德地区的教导第1师第1、第2团等部，急速回防广州。

12日，张发奎所部3个多师和驻守广州珠江南岸李福林的第5军一部，在英、美、日、法帝国主义的军舰和陆战队炮火支援下，从东西南三面向起义军反扑。起义军和工农群众同优势的国民党军进行了英勇顽强的浴血奋战，但终因众寡悬殊，损失惨重。

下午两点多，一辆插着红旗的敞篷汽车驶出起义军指挥总部向大北门奔去，车上坐着共产国际代表纽曼和这次起义的总指挥张太雷。大北门枪战正急，张太雷急于前往查看情况。车至大北寺路，突然遭遇反动武装的埋伏，枪声呼啸，张太雷身中三弹，倒在车内牺牲。

12日晚上，敌人援军汹涌而至，从西、北和珠江南岸三面包围了广州，形势变得异常严峻。在此危急时刻，起义军总指挥部为保存革命力量，于12日夜下达了撤出广州的命令。此前，黄埔学生陈同生曾到指挥部找到恽代英。恽代英对他说，张太雷同志牺牲了，敌人从四面八方压来，攻得很猛，而我们的后备力量薄弱。如果坚守广州，会造成更大的损失。恽代英又说：“万一非撤不可，你们可以转到东江去，与彭湃领导的农民赤卫军和红二师会合，继续斗争。”陈同生回去把情况告诉了连长袁耐坚。袁耐坚听说可以到东江去，点点头说：“恽代英同志说得对，对付腐朽的旧势力，只有用枪杆子。只要我们抓着军队，抓着枪杆子，就不愁革命没有前途。”

13日凌晨，广州北郊的屏障观音山失守，恽代英随最后一批战士撤离。张发奎的部队重新占领广州城。

起义军余部一千余人撤出广州后，在花县（今花都）改编为工农革命军第4师，领导人有董朗、叶庸、徐向前、袁国平等，后经从化、紫金等地进至海丰、陆丰县境，加入了东江地区的革命斗争；另有部分人员转移到广西右江地区，后来参加了百色起义；还有少数人员撤往粤北韶关地区，加入了朱德、陈毅率领的南昌起义军余部，后来上了井冈山。

国民党军重占广州后，苏联领事馆五人全部被捕，副领事哈兹斯被砍头。在南京，蒋介石宣布与苏联绝交。下令撤销苏联在国民党区域内的苏联领事馆及商务代办处，停止苏联国营企业，缉捕苏联共产党人，驱逐一切苏联人员出境。在广州，张发奎对未及撤离的起义军、工人赤卫队和拥护革命的群众，进行了血腥的镇压，惨遭杀害者达五千七百余人。

后来，李宗仁在回忆录中写到过这时的广州：

全市火光烛天，尸体狼藉。市民均被迫以红巾系颈，表示拥护红军，否则格杀勿论。张发奎匆忙前往肇庆，急令黄琪翔回师平乱，黄氏乃率部返穗。张、黄二人以共党在后方捣乱，破坏其一统两广的大计，愤恨之余，遂也恣意杀戮。下令凡见颈系红巾的，即格杀勿论。人民分不出孰为红军，孰为第四军，只知有红巾亦死，无红巾亦死。一时广州全市全城鬼哭狼嚎，无故人民被杀的不计其数。大火数日不绝，精华悉被焚毁，实为民国成立以来鲜有的浩劫。

广州起义失败后，中共中央常委决定派李立三、阮啸仙即赴广东，让李立三以中央巡视员资格参加省委常委指导工作，处理广州起义的善后事宜，重建省委，恢复全省党的工作。

后来李立三被关进莫斯科的监狱，他在“我的声明”中写道：

举行广州起义时，我在上海，不在广东，没有参加起义。当时我根据中央决定正准备前往莫斯科出席共产国际执委会第九次全体会议。只是在广州起义失败后，中央才紧急派我赴广东恢复党组织和党的工作，因为国民党刽子手镇压起义，屠杀了五千多名共产党员和工人群众，破坏了所有的党和工会组织。

李立三接受委派后，携妻子李崇善，化装成一位富商，于12月20日抵达香港。

此时，恽代英和广州起义部分脱险的党员干部也都撤退到了香港。许多同志对起义指挥机关怨气很重，有的说，他们被知识分子出身的领导人当作傻瓜，受了愚弄。有人甚至要枪毙暴动委员会的二把手黄平，要他对张太雷的死负责。

抵港一个星期后，李立三以个人名义向中央写了一份报告，他在报告中说：“指导机关大多数还是旧的知识分子，七个巡视员没有一个是工人同志……执行起来便仍是旧的机会主义方法。”“全是一种旧的军事投机，命令农军去打，群众全未起来。”并不顾失败的客观事实强调：“现在广东客观的情形，革命仍是高潮，所以决定继续暴动之策略。”随后，李立三主持召开广东省委全体（扩大）会议，执行政治纪律，对起义领导人黄平、周文雍、恽代英等九人分别给予开除职务、留党察看和开除党籍的处分。

恽代英被撤销了广东省省委委员的职务。

消息传到上海，中共中央发现李立三做得过火，又派邓中夏前来纠正。哪知邓中夏抵港不久就被捕入狱，中央只得再派周恩来到港，这才给恽代英等人恢复了职务。

2

现在，相隔两年，李立三又一次撤了恽代英在中央所担任的职务。因为他清楚恽代英的性格，宁折不弯，如仍把恽代英留在中央机关会破坏他全国总暴动的计划。

恽代英性格倔强，李立三的性格何尝不是如此，他长期做工运工作，听不得别人不同意见。

张国焘后来在自传中谈到过李立三，曾这样评价他：

李立三是个热情奔放的汉子，只求工作实效，不惯组织约束。他所主管的上海工运工作，也多采取速战速决的行动。对于工作方案要经上海区委、中央职工运动委员会和中央工作会议屡次的商讨，许久才能解决表示不耐烦。他老是以“急待解决”为理由，要求举行联席会议或另行指定一个行动委员会来处理。他更不愿听那些马列主义的说教，认为坐而论道，只能贻误事机。……他认为根据实际情况的行动是最重要的。什么“中央集权”、“一知半解的说教”都是废话。

正是李立三自以为是、“不惯组织约束”的个性，使这个本来可以成为共和国开国英雄的人物成为了后来的悲剧人物，长期以来被人们当作“错误路线代表”，甚至“反面教员”。伍修权曾这样评价李立三：“这位称得上一代英杰，仅仅由于一时失误，却经受了一生坎坷的革命老战士”。

在北京天安门广场的人民英雄纪念碑上的十幅浮雕中，其中就有两幅——“五卅运动”、“南昌起义”是李立三参加领导的。

试想，假如李立三当时听从了恽代英的意见结果又会如何？

在李立三眼中，恽代英属于“旧的知识分子”、“旧的军事投机”者，而他自己才是工人阶级的代表，共产国际的代表。尽管恽代英只比他大四岁，而且是马克思主义的最早传播者。处于鼎盛时期的李立三又怎么能听从一个“旧的知识分子”“旧的机会主义”的意见？

由于李立三的一意孤行，在恽代英被撤职后，发展成了后来的“立三路线”。

按说，此时党的总书记是向忠发，怎么会发生“立三路线”？

回答这个问题，要从向忠发的经历谈起。

向忠发是湖北汉川人，自幼跟随父亲驾船谋生，漂泊于汉水长江一带。为了生计，他做过造币厂工人，给大户人家当过用人，后来凭藉多年行船经验，得以在汉冶萍公司的轮船上做事，很快升任大副。1922年向忠发加入中国共产党，在工人罢工运动中崭露头角，表现不凡，因此被推荐为中共武汉区执行委员会委员，其时，他的上级领导便是李立三。那时的李立三何等了得，成功组织领导了安源路矿工人大罢工，并取得胜利，是向忠发心中偶像级的人物。

也许有人会问，安源罢工不是毛泽东领导的么？“文革”中《毛主席去安源》的油画家喻户晓。还有刘少奇，“文革”前中学课本上有刘少奇领导安源罢工的课文，怎么安源罢工成了李立三的功劳？

这事说来话长，因为，李立三去安源是毛泽东指派的。那时，毛泽东是李立三的上级。

1917年，李立三从长沙广益中学毕业后，参加了程潜的护国军。一次被连长派去给程潜送信，正赶上程潜在下棋，机缘巧合，李立三下棋赢了程潜。程潜大喜，将其留在身边候差。不久，又送他去北京上学，正赶上留法勤工俭学运动，李立三说服父亲卖掉十六亩家产，筹措二百大洋做路费，登上“波多斯”号轮船，去了法国。

在法国，李立三和赵世炎、鲁易、刘伯坚、袁庆云等人一起组织了留法中国工人学生中第一个共产主义小组。

那年月，李立三血气方刚，谁一提反动军阀，他会立即挥动拳头：推翻！谁一谈无耻政客，他会挥动胳膊：打倒！谁一讲卖国贼和反动派，他会高声喊：杀掉！“推翻”“打倒”“杀掉”六个字成了李立三的口头禅，被同学们称为“李隆郅（李立三）的英雄气概”。

这“英雄气概”大概也成为他后来左倾盲动的性格基础。有人说过：一个人的天性改也难！

1921年12月11日，李立三、陈毅等因发动和领导进占里昂中法大学的斗争被法国当局押解回国，受尽折磨，辗转抵达上海。他与蔡和森一起找到陈独秀，加入了共产党。陈独秀要李立三去湖南找毛泽东。没等法国寄来的行李到达，他便持中共中央介绍信，赶到湖南长沙，在小吴门外清水塘22号找到毛泽东。杨开慧见有客来，即通报毛泽东。毛泽东正在伏案疾书，接到通报立即起身迎接，说句“洞庭有归客”，李立三随即应答：“潇湘逢故人。”两人相视大笑。

这次会面，两个人要作一次长谈了！因为李立三已经不是当年那个看到毛泽东胆怯连话都不敢讲的青涩少年，而是留洋归来的学生领袖和共产党人了。

毛泽东向李立三介绍了安源路矿工人的斗争情况，希望李立三能到安源领导那儿的工人运动。李立三愉快地答应下来，因为安源离李立三老家醴陵只有几十里路程，也算是家乡。

这样，毛泽东就带领李立三等人去了安源，并留李立三在安源常住。

很快，李立三在安源显示了他的领导才能，迅速打开了局面。他创办了平民学校，成立了青年团安源支部，又创办工人补习学校，并创建了中共第一个产业工人支部。随后他又创建了安源工人俱乐部，并担任俱乐部主任。正是因了这个俱乐部，才有了后来震惊全国的安源大罢工。

1922年9月，毛泽东指示李立三着手组织路矿两局全体工人的一致罢工，以争得工人俱乐部合法权益，减轻工人所受的压迫和痛苦。就在这时，刚从莫斯科学习回国的刘少奇奉中国劳动组合书记部和中共湘区委员会派遣，抵达安源，协助李立三工作。

安源罢工以完全胜利而告结束，李立三也因此成为工人运动的出名领袖，并藉此在国民党“一大”后进入上海，主管上海工运。

可以说，安源罢工是李立三人生历史上最靓丽的一笔，可是出于种种原因，后来，他却连说的资格都没有了。

也正是因了安源罢工，向忠发才成为李立三手下的干将，更因了这段上下级关系的经历，才让他对李立三始终敬畏有加，在当上共产党的总书记后对李立三言听计从。

那么，向忠发又是怎么当上共产党总书记的呢？

1928年6月18日，中国共产党第六次全国代表大会在莫斯科郊区兹维尼果罗镇一座叫作“银色别墅”的地主庄园召开，大会期间，斯大林先后三次接见周恩来、瞿秋白、苏兆征、李立三等大会主席团成员。斯大林说，中国共产党现在还是张国焘、瞿秋白等几个大知识分子起领导作用，建议更多的选拔工人出身的党员参加中央领导。

周恩来后来回忆说：

“六大”会上，是有“山头”的，不能完全平心静气地讨论问题，特别是与自己有关的问题，把反对机会主义和盲动主义看成人身攻击。那时，机会主义的代表是张国焘，盲动主义的代表是瞿秋白同志，两人争论不休。后来布哈林出来讲话说，就是你们两个大知识分子在吵架。再吵，就把工人干部提拔起来代替你们。……

斯大林和布哈林发话，岂能不听，这样就从工人代表中去选，共产国际东方部副部长米夫看中了向忠发，在他的极力推崇下，这位轮船工人一跃成为了中国共产党的总书记。

六大结束后，瞿秋白、张国焘被共产国际留在了莫斯科，政治局常委由向忠发、周恩来、苏兆征、项英、蔡和森五人组成，这时的李立三只是中央政治局候补委员和候补常委。但很快局势发生变化，蔡和森回国后被撤消了政治局委员和常委的职务，苏兆征第二年二月才回到国内，当月就因病去世了。李立三顺理成章地被补选为政治局委员和常委。

向忠发头脑简单，充其量只是个打打杀杀的角色，虽然名义上是共产党总书记，但他有心无力，只能事事听计于老上级李立三。因而，在周恩来去莫斯科后，刚满三十岁的李立三成为了中国共产党中央的实际领导人。也正因为这缘故，才有了“立三路线”，李立三也才能对恽代英撤职。

据称，“文革”中一次毛泽东和康生无意中谈到了向忠发，毛泽东说，那个工人出身的向忠发，其实才是刘盆子啦！啥也不懂！……

康生则说：他是真正的大老粗，斗大的字不识仨，只会跟着喊口号……

顺便说一下向忠发的结局。顾顺章叛变后，中央为了保护向忠发，让他去江西的“苏区”躲避。谁料，临行前他却不顾周恩来的告诫，跑去与情妇杨秀贞约会，卿卿我我，迟迟不归，第二天早上落入敌手。

向忠发骨头软，被捕后两皮鞭抽下去即刻叛变，供出杨秀贞，杨秀贞不招，向忠发就前去对质：有什么就讲吧，我们是什么人，他们都知道。蒋介石得知消息后，只让他活了三天。行刑前，向忠发跪在地上，苦苦哀求饶他一命，但还是难逃一死。他同顾顺章一道，成为了中共党史上最受唾弃的人物。周恩来曾恨恨地骂道：“他的节操还不如一个妓女。”

3

恽代英在担任沪中区行动委员会主任不久，李立三又以中央名义，要他立即到闸北去，成立沪东区行动委员会，动员工人罢工，准备建立工人武装，占领上海。

恽代英是一名忠诚的共产党员，他保留自己的意见，但服从组织决定。

回到家里，他告诉妻子，马上准备搬家。

妻子沈葆英对此很是想不通。

“中央委员，中央宣传部秘书长去做一个区的行委主任，二哥，你这官不是越做越小吗?”

恽代英笑了，他拍拍妻子的肩膀：“四妹，咱共产党人不是为了做官，而是为了解放劳苦大众！再说，这是党的决定。”

“可是，要我们离开中央机关去闸北？去贴标语传单，去工人中宣传，去组织罢工，你知道吗，这有多么危险!”沈葆英在为丈夫的安全担心。

“危险？南昌起义不危险？广州起义不危险？怕危险还做什么共产党员?!”

这话现在听来有些人不会相信，但在那个年代，真正的共产党人就这么纯粹简单。

恽代英在国民党二大上公开讲过：“我的入党是因为想做官吗？想认识某要人吗？我完全是因为国民党能反对帝国主义、军阀，为被压迫农工利益而奋斗所以来的。”

新中国成立后当过国防大学副教育长的谭恩晋曾说过自己入党时的情景：“我1947年在北平入党时，就是在一个晚上被叫到城墙根底下，只问了我一句：你怕不怕死？我说：不怕！负责发展他入党的那位同志就说：好，从现在开始，你就是中国共产党党员了!”

还有火线入党。

前面炮火连天，子弹横飞，连队指导员对平时申请入党没有被批准的战士说：现在批准你入党，去把前面的碉堡炸掉！是！战士顿时豪气冲天，抱起炸药包，冒着枪林弹雨毫不犹豫地冲向敌碉堡……

信仰的力量无穷！真正的共产党人就这么纯粹！为了信仰，甘愿牺牲，前仆后继!

沈葆英不再说话，她知道丈夫的脾气，他认准的事，十头老牛拉不回来。

恽代英扶着妻子的肩头在床沿上坐下，沉思着说：“四妹，你知道，长期以来我都是做学生工作，对工人运动接触不多，正好借这次机会去基层向工人们学习。”

“可是，儿子怎么办？”

说到儿子，恽代英沉吟起来。儿子是他心中的痛，因为他深爱的第一任妻子沈葆秀就是因为难产而死。一年前，他现在的儿子出生，恽代英遵从父亲意愿，希望孩子长大后做管仲那样的人，便给他起名希仲。他把孩子视为未来的希望，但处在这样的环境之中，他却不能一心顾怜孩子。他将孩子从床上抱起来，亲亲儿子的小脸蛋。因妻子奶水不足，又没有足够的奶水喂养，加上大人生活也艰难，儿子瘦得骨瘦如柴。

“儿子就送托儿所，我已经同董牧师讲好了。”恽代英和妻子说。

就这样，恽代英和妻子抱着一周岁的儿子恽希仲，离开了上海成都北路的家。在英租界戈登路的圣彼得教堂，将儿子交给一位姓董的牧师，请他照顾，在他办的大同幼稚园代养。安排好了儿子后，恽代英夫妇收拾了简单的生活用品，换上工人装束，又通过关系，搬进了闸北棚户区一间九平方米的房间里。从这天起，这位新任的沪东区行委书记，就每天穿着破旧的短衫褂、破皮鞋，出没在杨树浦一带的纱厂、铁工厂、毛纺厂、发电厂里，做工人群众的发动工作。沈葆英也进了闸北缫丝厂做工，并担任缫丝厂的地下党支部书记。

4

李立三依然激情燃烧。

5月来了，李立三下达指示：为迎接“红五月”，各厂工人要举行罢工，以便趁敌人混乱之际占领上海。

上海缫丝厂，被煤烟熏黑的锅炉房里，地下工会正在开会，恽代英的妻子沈葆英也参加了，会议的议题是如何冲出厂禁，参加下午在闸北火车站广场举行的“飞行集会”。

下午开工后不久，一声高昂的汽笛拉响，热气蒸腾的缫丝车间，缫丝筒停止了滚动，任凭蚕茧在沸水中继续翻滚，工人们一窝蜂冲出了工厂大门，向苏州河北奔去，他们挥撒着传单，高举着标语口号，向外滩集聚……

李立三期待的“五一”罢工开始了！

全市的汽车工人、电车工人、纺织工人都酝酿着总罢工，工人们情绪高昂，许多人开始盲目行动。几个工人看见路上电车还在开，就开始拦路挡车，大声喊着：停车！停车！有的车辆不停，工人们就向车上扔石头、砸碎车窗玻璃。车被逼停了，乘客莫名其妙地下了车，吵吵嚷嚷，闹得不可开交。

恽代英作为中共沪东区行委书记，根据命令，自然要带头领导工人参加“红五月”的活动。在党组织的发动下，各个工厂的工人群众纷纷走上街头。马路上到处乱哄哄的，红头阿三来了，警棍飞舞，胡乱打人，血花飞溅。特务、巡捕到处追人、抓人，用高压水龙头朝人群猛冲，工人游行最终还是被镇压下去了，许多工人被打、被抓，损失惨重。

恽代英蒙着满身的灰尘，脸上带着伤痕，回到了简陋的住处。他显得疲惫不堪，进门后两手捂着胸口不住地干咳。他端起一碗冷水，咕咚咕咚喝了下去，猛地吐出一口痰，方才觉得胸口好受些。

沈葆英从外面回来了，看到恽代英闷声不响地坐在床头，便低声问：“今天你也上街了？”恽代英点了点头表示回答。“那么，大马路上的惨剧你都看到了？”恽代英还是点点头，没有吭声。“你明天还去工厂吗？不能不去吗？我真是不放心啊！邓大姐要我保护你的安全，可是，我……”她难过得说不下去了。

恽代英把妻子搂在怀里，面色沉重，半晌无语，沉默一会他抬起头对妻子说：“四妹，困难，困难啊！党的事业现在处在困难的关头，群众在受难、在流血。为了让群众尽量少流血，我不能临阵脱逃啊！”

眼前的事实再次证明李立三左倾盲动的做法是极其错误的。中国不是苏联，上海不是莫斯科，在一个工人阶级极其弱小的半封建半殖民地的中国，搞中心城市暴动根本行不通。中心城市打不下，更守不住，盲目暴动，只能是暴露了自己的力量，遭受无谓的损失。所以，毛泽东做“山大王”，在广阔的农村兜圈子打围子，“打得赢就打，打不赢就跑”的游击战法符合中国实际。

但恽代英是共产党员，他可以在党的会议上同李立三争论，在中央作出决定以后，他只有服从。沈葆英躺在丈夫的怀里，静静地听他说：“四妹，我明白我目前所处的环境，大不了是一个死！死我不怕，十多年前，我对二姐说过，要和她生同室、死同穴。那时候在我心目中，只有家庭和妻子。她死了，我有点英雄气短，儿女情长。你知道的，我曾带着她的照片，在她的坟前一坐半天，我在向她一个人表达我的满腔赤诚、一片痴情。现在想想，这是多么狭小的感情，但我并不后悔，那是我的真心，真情。可是，后来我经历的事情让我眼界更开阔了，心胸更阔大了，南昌起义、广州起义，行军、罢工、地下斗争，多少同志在我眼前倒下了，真是尸骨如山、血流成河呀！这中间有我许多朝夕相处的同事，有肝胆相照的朋友，有段时间，一闭上眼就是这些熟悉的面孔。他们为什么去死？就是为了给大多数人争取一个理想的社会。一想到他们，我就感到责任重大，只要我还有一口气，就要把他们未竟的事业继续下去。”他再次叹一口气：“可是现在，有些同志头脑发热，不顾敌强我弱的现实，幻想一夜占领上海。在这种情况下，我能怎么办呢？我是为了尽量减少群众的无谓牺牲才挑起这副担子的，我不能力挽狂澜，只能献身堵口，就是为此献身，也是死得其所！”

“别说了！我不让你去死！”

沈葆英把丈夫抱得更紧了。

那时节，困惑和苦闷笼罩在恽代英心头，也笼罩在基层普通党员的心中。

搬到闸北后，恽代英遇到了一个武汉军校的女学生黄静汶，在闸北区担任第一街道党支部书记。他们支部有个党员叫幸文思，是暨南大学的学生，生活一直由他的叔父承担。叔父提出要幸文思去报考国民党的航空学校，他便来找黄静汶商量，去还是不去，倘若不去，叔父就不再承担他的生活费了。黄静汶觉得这不是小事，就向上级汇报。组织上回答她：马上就要夺取胜利了，还去考什么航校？胜利了，还愁什么生活负担？黄静汶就把上级的指示通知幸文思，幸文思二话没说就不去报考了。结果等了三四个月，不但连胜利的影子没见着，而且生活无着、流落街头。此事一出，弄得周围的人都不理黄静汶了。

黄静汶心中苦闷，恰好遇到恽代英到闸北任职，就去向恽代英倾诉。

黄静汶回忆：

我把当时满脑子的糊涂思想向代英同志端了出来，很希望我这位老领导能像当年在武汉中央政治学校时那样，明确地回答这些疑难问题。我向他汇报了幸文思该不该投考的事，汇报了我周围一些同志的表现，接着就直率的问道："我们能在几个月里拿下上海吗?""我们的一切都准备好了吗?"代英同志望了望我，没有正面回答。他没有肯定李立三的口号，也没有反对或者批驳，没有给我任何明确的答案。我提出的问题他没有具体的回答，他只是恳切地说："在昨天，我们是师生，在今天，我们是同志、同学，很多新问题摆在面前要我们学习，要我们判断，我相信我们一定能找到答案的。虽然我无法回答你什么时候能夺取上海，但我们早晚会得到它的。江西、福建的苏区不就是我们的政权吗？有了政权，我们总要想法巩固的。"

黄静汶继续写道：

在那个艰难的时刻，代英同志作为负责同志，在我们基层党员面前不能谈及中央的斗争。他信守着组织纪律，无法表白他反对立三错误的明确观点，既不愿在基层帮立三到处点火、推波助澜，又不能给基层党员的工作热情、斗争勇气泼冷水。他的处境是多么艰难啊！

5

一线的共产党员在困惑，在无助，身居高层的李立三却激情不减，依然幻想着一省或数省的首先胜利，幻想着上海总暴动！恨不得一夜之间醒来，红旗插遍全中国！全然不顾蒋介石等新军阀们手握重兵，正在四处绞杀共产党的残酷现实。

作为基层一线的指挥员，恽代英的身影依然要出没在各个工厂之间。

5月6日那天，告别妻子后，恽代英匆匆向杨树浦的怡和纱厂赶去。

去杨树浦最便捷的是有轨电车。

有轨电车的轨道所经之处多为菜地、粪池和居民区的小菜市，一条条不知走向的柏油路，行走着挑担或徒步的路人，偶尔有骑车人急急忙忙地脚蹬踏板驱动车轮驶过，而电车的木板车厢吱吱哑哑地在响动着前进，司机在车头踏动叮叮当当的铃铛提醒着这先进的运载方式的存在。

平日里，外出联系，恽代英大多是步行，虽然费时间，但可以省钱，因为组织的活动经费欠缺，再说也安全。但这次是去送一批工友们急需的组织武装暴动的传单和活动经费，为了赶时间，他破例乘坐了电车。他没有办月票，因为购月票要拍照，对地下工作者来说这是很危险的，所以他是上车购的票。

车到韬明路，还没有停稳，恽代英就跳了下去。

他此行要去的怡和纱厂，是一家上海开办最早的英国工厂，设备老化，系从原在英国利物浦的老厂拆卸下来，又漂洋过海运来安装的。老掉牙的皮带轮和齿轮，间隙很大，运行的噪音很响，经常把工人的衣襟和发辫卷进去，工人的劳动环境极其恶劣，人身伤害事故更是频繁发生。可是，英国资本家哪管工人的死活，用中国工人的血汗换取他们最大的利润。

恽代英此行的目的是和怡和纱厂的共产党员许乃高接头，接头地点就在42路有轨电车站。因路途较远，恽代英怕耽搁接头时间，有意出来早一点，没成想今天倒车、换车十分顺利，也没堵车，竟然比约定时间提前了许多。

不久，厂区内下班的汽笛响了起来，厂里疲惫的人群潮水一般向大门涌来，嘈杂的环境使恽代英觉得很安全，正当他望见到许师傅，许师傅也瞧到他的时候，意想不到的情况突然发生了，他们遇上了“抄靶子”。

抄靶子是当时上海经常出现的一种检查形式，巡捕和军警特务突然出现在大街上检查行人。号称搜查共产党，实质上就是没事找事的当街勒索。他们常常抓住一个人，硬说他是共产党，这人若是机灵，马上交些钱便可了事。

见到抄靶子，街上的行人纷纷避让。

恽代英眼睛深度近视，看不见远处，等他发现巡捕时已经来不及躲逃。

巡捕见他穿短衣，带眼镜，搜身后又发现有水笔、手表及四十元，遂起疑心。

“你是共产党!”

恽代英摇头否认。

这时又有巡捕发现了恽代英扔在一旁的传单：“你带了共产党的传单，还说不是共产党！”一拳打在恽代英的脸上，打得他顿时鲜血直流。

不远处，许乃高被几个戴红帽子的“红头阿三”（印度巡捕的绰号）拦住，挤不过来，急得直跺脚。

恽代英用眼神提醒他赶紧离开，避免不必要的损失。

许乃高眼睁睁看着恽代英被巡捕押走了。

恽代英的被捕，没能引起李立三的警醒，依然在狂热地推行他的全国暴动计划。

正所谓旁观者清当局者迷，处在迷局中心的李立三忘乎所以，难以自拔。或许这是一个政党从幼稚走向成熟所必须付出的代价，可是这个代价太过沉重。

后来，在李立三推行他总暴动计划的短短三个月时间里，共产党在满洲、顺直、河南、山西、陕西、山东、湖北、福建、浙江、广东、湖南等十一个省委，遭到部分或全部破坏，武汉、南京等城市的党组织几乎全部瓦解，刚刚恢复起来的党的组织和革命力量受到严重摧残，许多共产党员、共青团员和革命群众被捕牺牲。使苏区和红军也遭受到严重损失。如红二军团奉命进攻长沙、武汉的结果，部队由一万人减到只有三千多人，被迫退往鄂西山区；红七军奉命转战中，也由六千人减到二千人，丧失了右江根据地；红一军西进后，鄂西根据地被敌侵占；红十军在进攻九江等地战斗中，部队损失很大；川东游击军进至房县被敌包围，几乎全军覆没；苏北红十四军奉命进攻南通等地，主力被打败，丧失了根据地；闽西红二十一军和东江红十一军、浙南红十三军也都先后遭到失败，陷入艰苦的斗争……

李立三自己也因他的盲动付出惨重代价，成为悲剧式的人物。1930年10月他被送到莫斯科自省，后来被关进苏联监狱，遭受过严刑拷打……

第三章
营救

1

恽代英被作为共产党嫌犯押到了巡捕房。

英国租界的洋人捕房内安设了相对的两长溜铁栅栏笼子，铁笼的尽头是一间摆满刑具的审问室。

在被搜出全部的随身物品之后，华人巡捕将这些物件一一登记在册，恽代英被带到了高鼻梁凹陷眼的英国巡捕面前。

英国捕头叽里咕噜说了一串英语。

翻译大声地要恽代英供出自己的真实身份和传单的来源。

恽代英称自己叫王作林，是武昌电信局的失业工人，到上海来找工作的。

问：传单哪里来的?

答：是陌生人托带的。

问：你来上海住在哪里?

答：住在小客栈里。

问：什么客栈?

答：鸿运宾馆。

恽代英坚决不肯招认自己是共产党，因而遭到巡捕几番毒打。

在被验指纹、打指模和测量身高、体重，并且拍摄了正面和侧面像之后，恽代英被发还了衣裤，但抽走了裤带和鞋带，他被倒提四肢塞进一方囚笼。这只铁丝网眼的铁笼仅仅一米多见方，铁笼里还放着一只专供便溺的镀铅铁皮桶，人进去不能躺下，只能坐在满是污垢的水门汀（水泥）的地上。

早晨，其他的囚笼全部关满了各种嫌疑犯人。恽代英旁边的笼子里关进一穿布衫的中年男子，华捕竟然叫他把手伸过来，与恽代英两人的手用一副手铐铐在一起，如此一来，恽代英更加难以活动，腿因长时间蜷缩缺乏血液循环而麻木。

初夏天气，昼夜温差大，夜里寒冷砭骨，中午炎热。到了中午，铁栏杆和地皮也不那么冰冷而坚硬，但无人打扫的便器内外粪便四溢，扑鼻的臭味和人体的汗味混杂一起，难闻得几乎使人窒息。

两个人手铐在一起，又不得动弹，便小声聊了起来。

中年男子姓张，开个五金铺子，洋捕头三番五次派华捕收保护费，这一次交得不爽快，就被关进来受罪。

“他妈的，这叫什么年头！”老张愤愤地说。

“都怪我们国家太贫弱，才受这帮洋人欺负。”恽代英说。

“是啊，这帮洋鬼子喝咱们中国人的血，早晚有一天要收拾这帮兔崽子!”老张心直口快，把牙咬得咯咯响。看样子他是个心地正直的小商贩。

老张叫人帮忙买进来两份大饼油条，分给恽代英一份，讨来两碗自来水，喝水吃饼，压下肚腹因饥寒而加剧的蠕动。

很快，老张家人交来一笔保护费，他被从铁笼中放了出来。他隔着铁笼与恽代英道别：“老弟，你我有缘在这儿相识，往后若有什么难处，可以找这里的一位华捕朋友，他跟我有多年的交情。”

恽代英喜出望外：“好哇，你可以让他来找我，带信给我的家人。我可以给酒钱。”

“我会替你办到的。”老张拍拍胸部，又叹口气说，“记住，这年头到哪里都不要吝啬钞票。有钱能使鬼推磨。”

恽代英目送老张走出了巡捕房。

铁笼上方昏暗的灯闪着惨淡的光，恽代英望望四周的难友，被关的全是中国人，无一不是面黄肌瘦，或苍白憔悴，想到当今的中国还有外国租界，而中国人在租界受到非人的虐待，他就心情激愤：何时才能把这些洋鬼子赶出中国去!

他眼前浮现出1927年元月武汉民众占领并收回租界的情景。

2

1927年是风云激荡的一年。

新春伊始，恽代英从广州经上海，与老友魏以新结伴乘船回武汉，担任中央军事政治学校武汉分校政治总教官。一到武汉，林育南就跑来向他报告：我们就要收回武汉英国租界了!

是吗？太好了!

两个人兴奋地击掌。

1926年8月末，北伐军兵临武昌城下，停泊在长江水面的英国军舰竟然炮击北伐军，并以军粮援助困守在武昌城内的吴佩孚所属部队，助长守军挟城以战四十多天，造成震惊武汉三镇的“武昌城关”事件，全城百姓几近饿死。中共《向导》刊物发表时评称：武汉的决斗，乃是革命的中国与侵略的英国之决斗。

10月，北伐军攻克武昌后，国民政府从广州迁往武汉。

英租界当局如临大敌，在租界边沿特别是靠近江汉关一带设置电网，用沙包筑街垒，由海军陆战队守备，英国侨民组成义勇队巡逻。一些吴佩孚的余党也躲进英租界，造谣滋事，待机而起。国民革命军总顾问鲍罗廷称：租界已成为反革命的大本营，即革命的陷阱。

12月26日，英商亚细亚煤油公司“福光轮”在汉口下游团风江面撞沉华商既济公司“神电”号客轮，四百余名中国乘客惨遭不幸。噩耗传来，群情激奋。二十余万市民拥上街头举行反英示威大会。这是导致最终收回英租界的导火索。

五天后是元旦。元旦当日，武汉三镇十万市民拥上街头，庆祝北伐胜利和国民党中央党部从广州迁都武汉。连续庆祝三日。

恽代英到武汉那天，群众正举行浩大游行，中央军事政治学校武汉分校的全体师生走在游行队伍的前列。

英军吓破了胆，长江上面的英国军舰脱去炮衣，炮口对准武汉城。

下午6时，游行队伍聚集汉江关，军校宣传队登上汉江关台阶发表演讲，控诉帝国主义侵略中国、干涉中国革命的种种罪行，英租界当局芒刺在背，从江面军舰调集大批水军登岸，冲出租界，对群众进行驱赶，英军挥舞刺刀，将三十多名群众刺伤，工人李大生被刺破肚皮挑出大肠死亡。群众和军校学生愤怒了，奋不顾身和英军搏斗，他们拆除路口电网，推倒街垒沙包，冲向租界。

武汉国民政府紧急派出司法部长徐谦赶到现场，争取和平解决。

比恽代英早几个月，李立三也到了武汉，并参与了这场斗争。

对此，1940年李立三在苏联向共产国际写的“自述”中这样写道：

“大约20名英国水手被几千名工人团团包围，截断了逃回战舰的退路。英国水手端起枪支准备开火，局势一触即发。我们闻讯赶到冲突现场，看到国民党和政府要员爬到临时搭起的高台上，号召群众解散，但工人们不予理睬。于是，许白昊同志和我上台发言，向工人宣布省工会和全国总工会全权负责处理这一事件。要求英国领事严惩肇事者，对受害者予以赔偿。人群中有人喊出："我们要收回租界！"大家纷纷高呼："收回租界！""打倒英国帝国主义！"并热烈鼓掌，而后逐渐解散。当晚，我们召集各工会代表会议，决定组织反对英国帝国主义的示威游行，提出"反对英国水手殴打中国工人"，"还我租界"等口号。

李立三此时在党内的职务是中共中央职工运动委员会主任，公开身份是中华全国总工会汉口办事处主任。

元月4日，中英接壤处又聚集了成千上万的示威民众。

苏联A·B巴库林在《中国大革命武汉时期见闻录》中这样描述：

下午3点，他们推开守卫在租界入口处的中国士兵，自行拆除所有电网、搬走沙包。一堆堆拆下来的废弃物和沙包狼藉满地。英国义勇队不得不解除武装，群众又捣毁了义勇军司令部。此时，英国水兵重又登陆，数百名英国海军陆战队登上江岸处于战备状态。

群众继续涌来，所有街道都挤满了人。双方处于对峙状态。

4日晚，中共中央临委连夜开会，讨论是否由群众去占领英租界，有的说要占，有的说不能占，两种意见相持不下。

5日，大雨滂沱，天气很冷，群众的热情却进入高潮，三十万人在跑马场集会后开始盛大游行。

李立三在"自述"中这样写道：

第二天，几十万工人在跑马场集合准备游行，我站在台上正要发言的时候，突然接到省委书记张国焘的便条，里面写道："我们已作出今日游行不得经过英租界的决定，由你负责执行。”此时，群众已怒火熊熊，准备不顾一切冲进英租界示威。考虑到群众的情绪，我不能直接勒令游行队伍不准进入英租界，只好赶快指定绕过英租界的游行路线，并马上向各路游行队伍宣布，同时还派出部分工人纠察队走在前面引导队伍按指定路线前进。大部分纠察队则奉命到中方管辖区与英租界的界边堵住租界所有入口处。我以为这样大概就能阻止群众进入英租界。然而，在大部分群众尚未走出跑马场的时候，我已得到消息说，游行队伍已经经过一个小巷进到英租界。我赶紧乘车去英租界，看到游行者已占领所有大道，把警察赶下岗哨围困在警察局里。许多大楼已挂上临时写出的牌子：某某工会大楼，某某纠察队办公室等等。警察总局和英国领事馆被成千上万的人群包围。守卫在领事馆大门的英国水兵眼看要被工人群众缴械，英国领事向中国政府求救，要求派中国军队来驱散游行队伍（按规定，中国军队本来无权进入租界，以免被扣留，）但也无济于事，群众依然坚持包围大楼。于是英国领事被迫同意武汉政府的决议，允许全副武装的工人纠察队进入英租界。群众兴奋异常，兴高采烈地欢迎工人纠察队，而后陆续散去。

苏联驻华顾问团译员阿基莫娃也回忆说：

我和别的同志一道去看夺回的租界，英国哨兵已撤除，在十字路口站岗的是工人纠察队。当看见我们时，他们脸上流露出胜利的微笑，把手中的棍棒摆向一边，学着军人的样子行礼。帝国主义分子不敢再在街上露面。武汉人民群众的民族尊严感迅速苏醒，猛然勃发出来。过去，外国人拒不付工钱，动辄打骂的现象屡见不鲜，而身受者自知外国人不好惹，只有忍气吞声。现在，一切都变了。中国人警告外国人不要忘记，在中国谁是主人，谁是客人。

她继续回忆说：

群众行动秩序井然，令人惊异。未见任何抢劫、杀人、放火之事，没有违反政府关于保护外（国）人生命财产的规定。

1927年2月19日，英国当局同武汉政府签订协定，正式承认把汉口、九江租界交还中国。至此，历时六十六年的汉口、九江英租界的耻辱史得以结束。

那时，恽代英正在组织武汉军校的招生工作，得知英租界收回的消息欣喜若狂。

“早晚有一天，我们也要收回上海的租界！”被关在巡捕房铁笼内的恽代英这样想着。

3

第二天，恽代英被租界当局引渡，先押至伪公安总局，后被解往龙华国民党警备司令部看守所。

龙华淞沪警备司令部的看守所在城南，一年前，因叛徒白鑫的出卖，彭湃、杨殷、颜昌颐和邢士桢等四位著名的共产党人就义于此。

恽代英转到龙华看守所的时候，淞沪警备司令由蒋介石的亲信熊式辉担任，数月后，由粤军十九路军的戴戟接替。恽代英系蒋介石挂牌通缉的共党要犯，但此次他在巡捕房内遭受毒打，面部浮肿变形，又没戴眼镜，因而没有被人认出来，也算不幸中的万幸。

在巡捕房内恽代英和老张一席谈话，顿开茅塞，被捕五天后，他给党中央写了一封信，花钱买通了看守，将信送了出来。

这封信全文（1930年5月11日）如下：

“王作林，年三十，从前在武昌电话局做事，本年十月失业，闲住家中半年（家住武昌豹子澥）。此次偕友人林君乘太古轮来沪找事。初与林住法大马路鸿运旅馆，因太贵，搬往东新桥车夫住小客栈（三日到沪），每天所住客栈无定处。六日下午到韬明路雅兴里一〇一号王春（同乡，在铁工厂做事），找不着此号码。出外，遇抄靶子，见王穿短衣，戴眼镜，有水笔、手表及四十元，意似怀疑。又似欲取去此四十元。正争执间，有人搜得传单一包，遂说是王所带。实则王仅穿二短衣，无处收藏。因带至捕房，外国人遂由毒打，强迫承认。有人从旁怂恿说，可认是别人所交，并出五元，嘱为发散。王为所动，承认是旁人所交。但后来因身边无五元票。所以只得说交者嘱王拿了过街，即自来取。后外人忽拿出收条二纸，钥匙一圈，说是王身上搜出；并说王曾拟销灭收条，更是全无其事。王亦始终不认这是他的东西。外人又加毒打，更逼说地址。说是小客栈，又打。于是只是说鸿运旅馆。又被强迫，于是胡说是四十号，外人又毒打，逼招共党机关。自然无法说出。遂关看守所。夜间，外人提王坐汽车去找惟兴里一〇二号及鸿运四十号，均无此号码，又遭毒打。次日，提公堂，即有司令部包探，诬王为吴淞共党领袖，要求提解。即解公安局，问过一次，王仍供如前，即解司令部。现已三天未问。王决在问时，要说明巡捕房逼供实情。王此次在捕房被打得面相都改变。此后，未受刑讯，在此无一熟识的人，但同狱颇多关照，有人送与衣被，菜饭也不成问题，外面勿须挂虑，并不要送钱物探望，以免反引起枝节。但外间有了相告之语，望于接信后至迟第三天（后天）十二点（午）与来人约定在龙华客栈交一回信来；如尚无回信，亦须派人来与他另约一时间(来人需要酒钱，可照信内给他)。

最好能将三号从武汉进口船名，开一个来；如能为找一地址、职业可查的交来。此信能在提问之前交到，更有用处（手表、水笔、钱都可以不要也)。

照此情况，判决不过送苏州。不过如能设法早些出狱，自然更好了。

我们无法想象恽代英在巡捕房内遭受毒打的残酷，仅“面部变形”四字就令人毛骨悚然。那些打着民主自由旗号在别国土地上耀武扬威的侵略者，其行为却比流氓强盗有过之而无不及。可是仅仅过去不到百年，我们的许多后来者却似乎开始遗忘那段历史。

狱友谢云巢在回忆这段狱中生活时这样说：

伪公安总局的囚笼，每笼仅足羁押十人左右，押犯骤增至三十多人，因此拥挤局促，坐立均感痛苦；加以湫隘污秽，天热如蒸，蚊子臭虫相继成群结队前来侵袭，伙食更形恶劣万分，真不啻度着人间地狱的生活。我因不堪迭受酷刑，曾期一死以求解脱。但在代英同志鼓舞下，使人遗忘肉体上之痛苦了。

后来，我们均被解往龙华警备司令部。代英一身之外，别无他物。我的衣被，已由亲友送到。晚上我和代英同志合用一被，短裤衫亦轮流更换洗涤。代英同志态度镇定，充分表现其坚毅性。在黑暗的牢狱里，继续进行革命思想的宣传；终日谆谆解说，娓娓不倦，全体难友，莫不视同严师益友。六月三日，我们解漕河泾第六工场，计难友126人。代英同志为教育群众，扩大党的影响，对付监狱当局迫害，就团结全体难友，使大家相亲相爱，共同学习，过着集体生活。狱中难友，多忘记囹圄中的痛苦了。当时要求监狱当局增加饮水，改善膳食，进行了同盟绝食的斗争，获得了胜利。难友们异常兴奋，更增进了团结和斗争的决心。难友中有黄某于1927年大革命时与代英同志认识，在政治思想上与我党有不同，后来也愿放弃成见，在党领导下工作。有一艺大学生很诚恳地表示："至此，我方知革命的真理了！"其感人之深如此。

恽代英在给组织的信中详细说明了他被捕的经过、他的口供，并提出了能替他假口供找着一个弥补漏洞的办法。

"王作林"是恽代英的化名，当时，在上海的中共重要领导都有一个化名，如周恩来叫"伍豪"，刘少奇叫"胡服"，李维汉叫"罗迈"等，邓中夏在香港被捕时就因化名"杨富贵"而获救。

1928年春上，邓中夏到香港接替李立三主持广东省委工作，纠正他对广州起义恽代英等领导人采取惩罚主义的偏差。不幸在一次召开省委会议时被捕。

被捕的原因是有人认出了参加会议的省委常委黄谦。黄谦大革命时期在广州郊区工作，曾处死过一个恶霸地主。地主的儿子怀恨在心，听说黄谦到了香港，便到处打探黄谦行踪，正巧开会这天被他发现了，跟踪到开会地点，向香港警察局告了密。

敌人以会议记录为根据，指控邓中夏等人在召开共产党会议。邓中夏等人矢口否认。邓中夏说自己是个商人，叫杨富贵，正与在场的几位商人商谈生意上的事。并要求警察核对笔迹，已证清白。邓中夏当时留着很长的头发，蓄着胡子，穿一件青布大衫，也很像一个商人。

审讯中数次核对笔迹，核对结果，记录笔迹和被捕的几个人无关。因为事先记录人张穆已离开会场，没有被捕。但根据地主儿子检举，知道黄谦是共产党，因而怀疑其他的人都是共产党，想通过审判查清邓中夏等人的身份。

香港地下党聘请一位香港律师为邓中夏辩护。律师向警方指出：除黄谦外，被拘留者无人检举揭发，又无任何犯罪证据，应立即释放。但该律师不是香港著名律师，警察当局竟不予理睬。

周恩来紧急赶赴香港展开营救，聘请到一位著名的英国大律师，为邓中夏等人辩护。香港警察局只好将案件移交香港法院。英国大律师出庭辩护，要求无罪释放。由于香港当局始终未能查清邓中夏等人身份，又没有犯罪罪证，只得当庭裁决：除黄谦外，其余人当庭释放。

邓中夏依靠化名最终脱险。

恽代英参与了营救邓中夏的整个过程，也许无形中受到启发，被捕后便采取了类似策略。

他坚强忍受身体被摧残的痛苦，寻找着走出监狱黑暗大门的钥匙，他渴望重返属于他的光荣战场，去推翻吃人的旧制度。

他判断：如果情况无变，他最多被判决送去苏州。

4

在龙华等待判决期间，迎来了一个特殊的日子，南昌起义三周年纪念日。

狱中难友很大部分是共产党员，或是接近党的群众，因而，大家一致要求恽代英给大家讲一讲三年前南昌起义的情况，恽代英答应了。难友们便围坐在他周围，听他讲述。

难友谢云巢回忆：

“八一”纪念，（狱中）群众一致要求代英同志发言，代英同志在热烈的掌声中，报告了纪念“八一”的重大的政治与军事的意义。

在今天人们的印象中，南昌起义是周恩来、朱德、贺龙、叶挺等指挥的，很少有人知道首倡者却是李立三。

决定举行南昌起义的是三次九江会议。

第一次九江会议是7月19日。李立三和邓中夏抵达九江，同时抵达的还有谭平山。此时李立三是五人中共临时中央常务委员会委员，其余四名分别是：张国焘、周恩来、李维汉、张太雷。

在此之前，苏联顾问鲍罗廷被共产国际解职，等待回国；总书记陈独秀也拿着一把大大的芭蕉扇，拖沓着一双黑平绒布鞋，神情憔悴、步履蹒跚地走出办公室，与他担任了七年之久的总书记职务说了再见。

在九江的一栋二层楼房里，李立三主持召开会议，商议：“在军事上赶快集中南昌，运动二十军与我们一致，实行在南昌暴动，解决三、六、九军在南昌之武装。在政治上，以反对武汉、南京两政府，建立新的政府来号召。”

会议分工，谭平山留在九江，李立三和邓中夏即赴庐山向正在庐山开会的前中央常委瞿秋白汇报，征求意见。瞿秋白听后，大呼：我们早就该这样干了！我们已经让国民党压抑得太久了，也许这次暴动会给我们党带来新的希冀！

当时，林伯渠的堂叔在庐山英国人开的仙岩客寓饭店当大师傅，李立三和林伯渠等人在他的厨房里用围裙遮起窗户，点上蜡烛，又开了一次会，大家都表示赞同武装起义。

第二次九江会议是7月23日晚上召开的，恽代英参加了这次会议。

几天前，恽代英身着便服回到家中，向妻子沈葆英告别，他说："四妹，国民党已经通令捉拿我了，我要走了！"沈葆英望着丈夫没有说话。

恽代英又说："四妹，我们刚结婚不久，又要匆匆分开，真是对不住你。但我必须走！"歇口气，恽代英又说："你知道吗，几个月前是宁汉分裂，现在却是国共分家，蒋介石、汪精卫现在联合起来共同镇压共产党，由于陈独秀的软弱、退让，许多同志都遭到杀害，所以我必须走，你也要做好应变的准备，不行就先到乡下去避一避。但你不要难过，我们还是要回来的，共产党人不会被杀绝！

当晚，恽代英登上国民革命军第四军军长黄琪翔的船，趁着夜色到达九江。

黄琪翔这次是去庐山，汪精卫、张发奎、朱培德等要在庐山开会，讨论解决在第二方面军的共产党员。贺龙也到了九江，黄琪翔即相邀贺龙上庐山。情况紧急，谭平山连忙和恽代英发电报通知李立三速回九江商讨对策。于是，李立三和恽代英、邓中夏、谭平山、叶挺、聂荣臻等在九江开了第二次会议。

会议研究了南昌暴动的计划、政纲、宣言及组织与宁、汉国民党中央党部相对抗的中国国民党革命委员会等问题。决定：叶、贺"军队于28日以前集中南昌，28日晚举行暴动，并急电中央征可否"。

第三次九江会议是周恩来主持召开的。周恩来奉中央之命，和陈赓于7月25日到达九江，立即召集恽代英等人开会，传达武汉临时中常委会会议意见："认为形势既已如是，对在浔同志的意见完全同意。"组成以周恩来为书记，李立三、恽代英、彭湃为委员的前敌委员会，组织和领导南昌起义。恽代英担任贺龙第二十军的总参议。

会后，周恩来交代聂荣臻，立即赶赴九江、南昌之间的马回岭，将第四军的第二十五师拉到南昌，参加起义。他和李立三、刘伯承、彭湃、吴玉章、林伯渠、徐特立等人赶赴南昌，做起义准备，恽代英等则暂留九江组织接应。

周恩来一到南昌就去子固路第二十军指挥所见贺龙，就起义问题征求他意见。贺龙此时还不是共产党员，但他听完周恩来的话，果断表态："很好，我完全听共产党的话，要我怎么干，我就怎么干。"周恩来当即代表前委任命贺龙为武装起义总指挥。

此时，共产党所能控制的军队有贺龙的二十军，叶挺的二十四师和第四军的二十五师一部，都已在九江、南昌一带集结，南昌还有朱德的军官教导团，将近二万余人。而南昌方面敌军只有一万多人。周恩来等成竹在胸，对起义成功稳操胜券。

正当起义各项准备工作紧张进行之时，波澜骤起。

7月27日早晨，张国焘赶到九江，见到恽代英，就说要开会。与会者除了前委委员恽代英，还有团中央委员贺昌、关向应，第四军政治部主任廖乾吾，武汉军校政治教官高语罕和夏曦等人。

张国焘带来了共产国际的意见，不赞成举行南昌起义，而且禁止俄顾问介入这件事，拒绝给起义部队以军火和经济上的支援，中常委同意共产国际的意见，建议大家重新讨论暴动的可能性……

张国焘话还没说完，就惹恼了坐在一旁的恽代英，他愤然站起来说："这有什么可讨论的，我们一切都准备好了。"

其他几位同志也纷纷表态，南昌暴动势在必行，没什么再讨论的余地。

"为了慎重起见，为什么就不能重新讨论呢?"张国焘反问大家。

恽代英彻底火了："共产国际和中共中央害死了中国革命，葬送了成千上万的同志，他们的领导完全破产了。现在南昌起义一切准备好了，忽然又来了什么国际指示，阻止我们的行动，我是誓死反对的。我不管共产国际和中央指示，只知道按已经决定了的指示往前干。如果有人再动摇军心，我就要打倒他！”

张国焘望着恽代英激动的样子，一时语塞，甚至有些佩服，换了他，给十个胆子也不敢同共产国际对着干。

“既然大家反抗执行中央命令，我在此也毫无办法。待到南昌后再行讨论决定。”张国焘碰了一鼻子灰，但也无可奈何。

张国焘带来的是接替鲍罗廷任共产国际代表的罗米那兹的意见，他和俄顾问加仑一直对第二方面军司令张发奎心存幻想。

事实却是，张发奎也靠不住了，正和汪精卫、孙科、朱培德等在庐山秘密开会，要解决第二方面军内共产党员的问题。

张国焘在九江碰壁后，接连发两封电报给南昌的前敌委员会，谓起义宜慎重，无论如何须等他到后再作决定。

30日清晨，恽代英和张国焘同车到达南昌。张国焘随即召开前委紧急会议。

参加的人有周恩来、李立三、彭湃、恽代英、谭平山、叶挺、周逸群等。

张国焘借国际来电，顽固坚持取消起义。他说，共产国际电令我们，起义如有成功把握，可举行;否则不可发动。莫斯科拒绝给予苏俄军事顾问的帮助和经济支援，故暴动成功的条件已失去，所以中央指示不可举行暴动。我们可以将在军队中的同志退出，派到各地农村中去工作。他又说：目前形势，应极力拉拢第二方面军总指挥张发奎，起义须得张发奎的同意，否则也不可动。

李立三对着张国焘说：“什么都准备好了，哈哈，现在还讨论什么！”

周恩来也明确表示：还是干！

前委几个同志都指出：起义断不能推迟，更不可停止。张发奎早已和汪精卫勾结，决不会同意我党的计划，决不能依靠张发奎，也不能对他抱有幻想。我党应站在领导地位，独立地领导武装起义。

张国焘一看大家强烈反对，再次使出杀手锏，说这是国际代表的意见。

周恩来有些激动："国际代表及中央给我的任务是叫我来主持这项运动，现在给你的命令又如此，我不能负责了，我即刻回汉口去吧！"说话时还气得拍了桌子。二十年后，他对人说："拍桌子这个举动，是我平生仅有的一次。"

激烈的争论在持续。房内气氛阴沉，许多人吸起了烟，恽代英打开窗户，让浓重的烟雾散开，然后转过身，表情郑重地说："必须起义，而且刻不容缓。"又转身对张国焘说："我还是在九江那句话，革命到了生死存亡的时刻，如果你要继续动摇军心，我们就把你开除出去！"

张国焘望望恽代英没吭声，他知道，他现在代表的是中央，别人不能拿他怎样。

双方就这样坚持着，当晚散会时，问题依然没有得到解决。

会后，谭平山找到一位师长，私下对他说："如果明天开会张国焘再反对起义，你就派人把他杀了！"

这位师长惊出一身冷汗，杀一个政治局常委不是小事，就去征求周恩来的意见。

周恩来立即制止："胡闹，张国焘是中央代表，怎么能随便杀呢？"

当晚，张国焘也没闲着，私下去找李立三，希望李立三支持他。

李立三告诉他，不能停止暴动的原因有两点：第一，不能违反与贺龙所定的密约；第二，如果改变计划，我们原来发动暴动的意图已无法保密……

张国焘在《我的回忆》中这样写道：

中共与贺龙的关系，最先是李立三对我详细说明了一番。他曾指出，贺龙这个土匪出身的军人，以往与中共的关系不算是很密切，现在决心追随中共一块干，我们不能令他失望；我们与贺龙已经信誓旦旦，在形势上说，我们彼此都已骑上了虎背，在决心上说彼此都已表示破釜沉舟；任何改变都会引起严重的误解。李立三更进而警告说，贺龙不得志，疑忌甚多，他不满张发奎，也自觉他这个土匪出身的人，在国民革命中无出头之日，迟早要被缴械的。现在如果我们改变计划，联络张发奎，那他可能认为是被出卖了，也可能采取先发制人的手段，向张发奎告密，洗脱自己……

李立三也对我详细说明，深恐暴动计划秘密泄露，知道这秘密的人已经很多，在人员调动上，宣传语气上，和若干人表示出的态度上，都易使人察觉。他曾警告说，即使张发奎真诚愿意与我们合作一同回师广东，决心在那里重建国民革命根据地，依现在的情势看也是没有指望了；因为张发奎到达南昌后知道了我们曾策划暴动反对他，哪有不翻脸对付我们的道理。

三十一日晨，前委会再次开会，辩论依然针锋相对。

此时，第四军参谋长叶剑英从庐山到达九江，带来了庐山汪精卫等人开会的情况：（1）严令贺龙、叶挺限期将军队撤回九江；（2）封闭九江市党部、九江书店、九江《国民新闻报》馆，并逮捕其负责人；（3）第二方面军实行“清共”，通缉恽代英、廖乾吾、高语罕等人。

箭在弦上，刻不容缓，张国焘屈服了，表示服从多数。

会议决定：八月一日凌晨行动。

当日下午，朱德把敌两个主力团的团长和一个副团长请到家里来“做客”，推杯换盏，为起义赢得了时间。

“砰！砰！砰！”三声清脆的枪声划破南昌夜空的寂静，八月一日凌晨，二万多名年轻的士兵，脖子上系着红领带，按照预定目标，包围了南昌守敌的各个据点。震惊中外的武装起义爆发了。

聂荣臻、周士第率领在回马岭起义的第四军二十五师两个团三千人赶到南昌，蔡廷锴部的第十一军第十师得到消息也加入起义的队伍……

激战一夜，至清晨六时，共歼敌三千多人，缴枪五千多支，子弹七十余万发，还有大炮数门。

曙光驱走黑夜，透过云层，照射在南昌城。胜利的红旗在总指挥部的五层大楼上，迎着朝阳，在晨风中招展。威武雄健的年轻士兵和全市人民喜气洋洋拥向街头，万众欢腾，庆祝胜利。

这个早晨，是年轻的中国共产党的真正觉醒，在经过了血的浸染之后，他们终于拿起了枪，用武装的革命对抗武装的反革命。手中没有枪杆子守不住信仰，实现不了主义。这是千万个共产党员用头颅和鲜血换取的真理。

八月一日上午，在原江西省政府召开了有国民党左派中央委员和各省、区、特别市及海外部分代表参加的联席会议。会议决定成立以共产党员为核心，有国民党左派人士参加的革命政府机构——“中国国民党革命委员会”。并选举了周恩来、宋庆龄、邓演达、谭平山、何香凝、贺龙、叶挺、恽代英、彭湃、吴玉章、徐特立、郭沫若等二十五人为革命委员会委员。并由宋庆龄、邓演达、谭平山、贺龙、郭沫若、恽代英等七人为主席团。郭沫若担任革命委员会所属宣传委员会的主任。在郭沫若未到任前，由恽代英代理。恽代英还担任财务委员会委员。

同日，南昌《民国日报》刊登了宋庆龄、邓演达、恽代英、毛泽东等二十二名国民党中央委员签署的《中央委员宣言》。宣言说：“武汉与南京所谓党部政府，皆已成为新军阀之工具，曲解三民主义，毁弃三大政策，为总理之罪人，国民革命之罪人，与陈炯明、杨希闵、冯自由、谢持、邹鲁之辈实殊途同归。”

八月二日，南昌市五万军民举行庆祝革命委员会成立和军民联欢大会。恽代英登上主席台，发表了慷慨激昂的演讲，他话语铿锵，声震广场。他说，革命士兵们，工农群众们，为了挽救革命，反对国民党大屠杀，为了推翻国民党的反革命统治，捍卫工农阶级的利益，建立革命政权，必须紧紧地把枪杆子握在手中……

南昌起义的枪声把汪精卫惊得目瞪口呆，他接连发布两道命令，一道是《国民政府令》，叫嚣“凡共产党徒之蛰处国民政府领域之内者，务须洗心革面，勉力良善，倘敢阴怀不轨仍秘密进行其祸国殃民之伎俩，则国法俱在，一经拿获，即行明正典刑，决不宽恕。”另一道是“中央执行委员会训令”，诬蔑担任国民党中央委员的吴玉章、恽代英、林伯渠等“叛党叛国”，“均著开除党籍及褫夺职权”，并下令“缉拿讯办”，“宁可错杀，不可漏网”。

按原定计划，南昌起义部队于三日到五日陆续撤离南昌，千里转战，向广东挺进。

时值“三伏天热死牛”的酷暑，部队转经赣南山区，沿途群众因受反动派造谣的影响，相率逃避，供养十分困难，行军极为艰苦，战士汗流浃背，军衣湿透，由于不明行军的意义，因而逃跑和掉队的士兵甚多，行军的速度日趋迟缓。

行军途中，恽代英身先士卒，和战士们同甘共苦，用自己的行动去感染他们，激发他们的革命感情。他身体不太好，患有肺病，组织上照顾配给他一匹马。但恽代英将马让给体弱的生病的同志去骑，自己穿着工人服，拿着和尚头伞，与战士们一起步行在山间小道上。休息时，他讲十月革命的英勇战斗故事给宣传队的女兵们听，鼓励她们说：“你们要牢牢记住，要消灭几千年来的阶级剥削，这是一项极其艰巨的任务，你们青年人要勇敢肩负起这个任务来。”宿营后，他不顾劳累，带着宣传队员沿街张贴标语和印好的《八一宣言》。

起义部队从南昌到广东潮汕，餐风饮露，翻山越岭，一面长途行军，一面艰苦作战。恽代英的面孔晒得黝黑，人也消瘦不堪，但他从不说一声劳累。在困难的日子里，他非常镇静，用火一般的热情鼓励同志们："革命本非享福与畏难的人干的事。""我们不是为了享福而干革命的，我们是为了将来的人创造美满生活的前敌战士。""只有奋斗可以给我们出路，而且也只有奋斗，可以给我们快乐，我们要忍受一切艰苦与困难，咬着牙奋斗过去。"战士们深受鼓舞，说："既然恽代英同志都不怕苦，我们还怕什么苦!"

南征部队占领福建长汀后，举行了一次三四百人的报告会，郭沫若和恽代英都出席演讲。当年担任长汀福音医院院长的傅连璋，在三十年后回忆恽代英演讲的情景时，依然印象深刻。他说："恽代英身材瘦小，精神却十分饱满，穿一身朴素的蓝布制服，颈项上系着鲜红的红领巾，戴着一副深度的近视眼镜，说起话来，声音响亮，充满感情，加上有力的手势，使听众们的情绪不由得被他紧紧抓着，和他一同悲愤、激昂。我的心也深深被他的革命激情所感动。"

九月末，南下起义部队占领了潮州和汕头。在汕头，参加八七会议后兼程南下的广东省委书记张太雷向周恩来传达了八七会议精神，并转达了中央临时政治局的决定：将南昌起义后建立的革命委员会改为苏维埃，正式树起斧头镰刀的红旗，由我们党单独领导革命；放弃潮汕，部队转移到海陆丰与当地农民武装会合，建立革命根据地。

九月底，起义部队在潮汕地区遭到敌人的伏击，部队受到重大损失。十月初，周恩来同志抱病主持了会议。会上决定尽可能收集整顿武装人员，向海陆丰撤退，坚持武装斗争。干部向海口撤退，再分头赴香港和上海，继续战斗。

恽代英和李立三、汕头市委书记杨石魂等同志安排重病在身的周恩来同志以及指挥部其他成员撤离到安全地方后，恽代英便从海边甲子港乘船抵达香港。

……

南昌起义的另一部分队伍由朱德、陈毅等率领入湖南。一九二八年四月与毛泽东在井冈山会师。

5

进入十月，恽代英的案子终于有了着落。

恽代英的判断没错，他坚持假口供，并设法买通办案人员，他的案子被定为一般普通赤色群众案件，被起诉至江苏省高等法院。

高等法院的看守所设在苏州城内的横街。

一条狭窄的甬道，两边都是砖砌的高墙，约有二十步远，一拐弯是个宽敞的院落。院子里有两排牢房，每一间牢房的的三面为砖墙，一面为敞开式的木栏杆。一间牢房关押着六七位候审的嫌疑犯。

这里的条件比租界的铁笼好得多，比上海司令部看守所的条件也要好一些。嫌疑犯可以睡木床，床上铺着草席，瘦骨嶙峋的恽代英减少了骨骼与水门汀地面的摩擦，减轻了肉体的疼痛，他躺在久违的木质床板上，觉得舒坦多了。但是，江南的天气，不问春夏秋冬，总是湿漉漉的，孳生臭虫、跳蚤，没有澡洗，浑身汗臭，身上奇痒难忍。这恶劣的条件今天的我们无法想象。

恽代英尽量将自己伪装起来，从此看守所内增添了一位手脚勤快的犯人。他待人和气，殷勤地为狱友和看守们修理手电筒和自来水笔，也会换鞋底、钉鞋掌。渐渐他的上海口音也越来越地道，几乎听不出来自上水的汉口口音了。脏活、粗活是永远干不完的，不多久，他就手足胼胝，成为一个活脱脱的苦力工人。

一天，他去一间牢房送饭，在走廊上迎面碰见一个军人，此人中校军衔，军装笔挺，两目有神、面色威严，正在踱着方步巡视牢房。咦，好熟悉的面孔，两目对视，双方都大为惊愕，中校朝恽代英点点头，恽代英也向他点点头，双方都没说话，略停，恽代英方才转身离去。

恽代英记起来了，此人在北伐军第四方面军政治部做过上尉训导官，姓陈。他悄悄打听，知道陈训导官现在的身份已经是军法司的中校特派员。恽代英心中一紧，他担心这个过去的下级会不会指认自己，因为经过时日，他的面容已恢复正常，陈特派员肯定是认出了自己，不然不会惊愕，而自己是国民党悬赏捉拿的要犯，如果姓陈的指认，必将在劫难逃。恽代英做好了最坏的打算。但一天、两天——直至过去三天，监所并没有新的动静，他才知道虚惊一场。陈特派员并没有出卖自己，究其原因，这是个有良心的正直军人，不屑于做告密的龌龊小人之事，并非其他。

后来，恽代英去南京江东门中央军人监狱服刑，也数次碰到过类似的情况，均有惊而无险。真正的军人自有本色，可以战场上兵戎相见、刺刀见红，但绝不做落井下石、背后捅刀的卑鄙小人，这和政见无关。

省高等法院拖了两个月才开庭，恽代英在法庭上坚持自己的假供词，说自己叫王作林，原在武汉市电话局做架线工，后被解雇，失业终年，生活困难，到上海来寻找工作，否认传单、手表、水笔和钱币等证物与自己有关。

法院没有新的证据，糊涂官判糊涂案，以“煽动集会”危害社会秩序罪，判处“王作林”五年徒刑。

转年二月间，恽代英被押送南京江东门外的“中央军人监狱”服刑，关押在“星”字监房里。

国民党“中央军人监狱”，也称“政治部军人监狱”和“中央陆海空军人监狱”，系1930年根据蒋介石、陈立夫的指令建造的。名义上是关押犯法军人的，实际上大多监禁的是政治犯。恽代英先是在狱中做些挑粪、种菜等劳动。这里也囚禁了许多他在苏州漕河泾监狱中认识的难友，包括谢云巢等。恽代英曾在黄埔军校、武汉军校担任过要职，狱中在押的个别国民党军官也认出了恽代英，如果去举报，一定会被立功减刑，但他们钦佩恽代英的人品和才华，都缄默不语，保守秘密。

黄埔一期生、原国军二十三师少将参谋长、因“剿匪怠倦”服刑的军官普通犯赖惕安，在新中国建立后著文透露：

“虽然恽代英在英租界杨树浦怡和纱厂被捕时拒捕，并自毁面容，化名王作林，成为普通刑事犯。但狱友中的黄埔生观其动作形态和特有的略带沙哑的武汉口音，已经认出他就是当年黄埔军校的政治总教官。假如他们黄埔生中有任何一个站出来指认揭发，不仅可以免除刑罚，还可以得到数额可观的一大笔奖赏，但他们这些蹲班房的黄埔生对蒋介石窃取大革命的成果，屠杀共产党和无辜民众，早已经心存愤懑；他们更景仰恽代英、肖楚女等共产党教官的人格高尚。于是，他们串联约定攻守同盟，决不告密、不出卖自己的老师，同时也管住嘴巴，不泄露恽代英已经在狱中的秘密。为了帮助共产党地下组织营救恽代英出狱，他们利用与看守和牢头的私人关系，介绍恽代英改服厨子劳役，以便他尽可能地自由活动，接受营救。”

在狱中，恽代英肺病复发。痼疾缠身，脸色愈加苍白、蜡黄，身形枯槁了。但他信念不改，意志愈加坚强，把监狱当做特殊战场，秘密领导着难友们与反动当局的斗争。

他利用厨子身份作掩护，慢慢地摸清了狱中的情况，逐渐将同狱的难友、党员和非党员都组织了起来。狱中生活是极其艰苦的。每天配给“犯人”的饮水、饮食很少，而且饭多半是霉米馊饭，有时甚至可以从饭桶里拖出死老鼠，叫人难以入口。恽代英就如在苏州时一样组织难友开展绝食斗争,迫使监狱当局接受了“犯人”们提出的条件。

他经常对难友们进行革命气节的教育。他说：对一个革命者来讲，战场固然是考验，而监狱也是一个特殊的战场。一个真正的革命者，在这个特殊战场上，在生死面前，要经受得起严峻的考验。

为了鼓励难友们的斗志，他写了《时代的囚徒》歌一首：

囚徒，时代的囚徒，
我们，并不犯罪，
我们，都从火线上捕来，
从那阶级斗争的火线上捕来。
囚徒，不是囚徒，
是俘虏！

凭它怎么样虐待，
热血仍旧是在沸腾！
蚊蝇和蚤虱，
黄饭和枯菜，
瘦得了我们的肉，
瘦不了我们的骨！

囚徒，时代的囚徒，
我们并不犯罪，
我们都从火线上捕来，
从那阶级斗争的火线上捕来。
囚徒，不是囚徒，
是俘虏！

我们并不怕死，
胜利就在我们眼前！
铁壁和铜墙，
手铐和脚镣，
锁得住我们的身，
锁不住我们的心！

歌声表达了狱友们的心声，犹如一支火炬在狱友心中点燃了光亮，照亮了狱中阴沉沉的天空，唱起它就不再恐惧，就能挺胸昂首，就有光明和希望。恽代英牺牲后，这首歌还在狱中传唱。

6

恽代英在狱中坚持斗争，党组织也在狱外开展积极营救。

1930年8月，周恩来和瞿秋白相继从莫斯科回到国内，主持中央工作，结束了“立三路线”。周恩来看到了恽代英从狱中带出的信，知道他的身份并未暴露，甚是欣慰。

周恩来立即同特科人员商讨营救措施。

特科是在1928年成立的。

当时，中共中央在敌人严密控制下的上海工作。敌人一直竭力利用各种手段，包括叛徒的告密、穷凶极恶的搜索来破坏共产党的各级机关。在大革命失败后的三年内，共产党的许多重要领导人先后被捕牺牲，其中有陈延年、赵世炎、罗亦农、彭湃、杨殷等。共产党人的鲜血染红了中国大地，如何在白色恐怖下保证中共中央的安全成为特殊时期的一个严峻任务。于是，中共中央于11月14日召开常务会议，决定成立特别委员会，由向忠发、周恩来、顾顺章负责。

当时，中共中央机关设在上海沪中区。地处上海闹市中心的云南路447号（天蟾舞台隔壁）“生黎医院”楼上，门口挂着“福兴字庄”的牌子，是中央政治局开会和办公的地方，由熊瑾玎、朱端绶夫妇以湖南土布土纱商人的名义租住。离开这里不远的浙江中路112号二楼，是中央军委的联络地点。戈登路善庆里的一座小楼和114一弄的一个地方，是中央同志看文件和起草文件的所在地。威海卫路的达生医院是一所掩护机关，由贺诚、柯麟以医生的身份开设。中共中央各机关工作人员大约二百多人，各机关间禁止来往。

特科成立时，还秘密成立了反间谍机关，由陈赓负责。第一个反间谍关系是陈立夫的亲信杨登瀛（鲍君甫），身份是国民党中央驻沪特派员。杨登瀛送出了许多有重要价值的秘密信息。

1928年8月下旬，彭湃、杨殷等同志被叛徒出卖后牺牲，周恩来满怀悲愤写下了《彭杨颜邢四同志被敌人捕杀经过》一文，喊出“踏着死难烈士的血迹，一直向前努力，一直向前斗争”的誓言。这时，反间谍显得尤为重要。1929年末，又派遣李克农、钱壮飞、胡底打入国民党高级特务机关，钱壮飞还担任了国民党中央组织部党务调查科主任徐恩曾的机要秘书。

特科人员立即对恽代英展开营救，派出黄静汶到苏州狱中看望恽代英。

黄静汶回忆：

1930年8月，他从漕河泾转移到苏州监狱后，组织上曾派我去苏州探望过他。因为我是他的学生，在闸北又同他接触过，认识他，看望他比较方便。正好我当时在互济会区会工作，我就以恽代英亲属的名义去苏州，到狱中同他见面，向他暗示组织正在千方百计营救他。由于探监时间短，监视严，我同他不能多说话。他虽然面容消瘦，身体很不好，但革命意志和信心是坚定的、乐观的。

恽代英被押往南京后，营救行动一刻也没有停止，在花了一大笔钱后，事情终于有了眉目，恽代英将被减刑提前出狱。组织上让帅孟奇将喜讯转达给沈葆英，并通过互济会的安排，让沈葆英以王作林妻子的身份去探监，通知恽代英做好提前出狱的准备。

第四章 探监

1

南京江东门外，沈葆英挽着一个小包袱，急匆匆走在泥泞的小路上，穿过莫愁湖，远远就看到了南京中央监狱的大门。她是带着周恩来的口信来探监的，马上就要见到分别一年的丈夫了，她的心情显得有些激动，胸口噗噗地跳个不停：他现在还好吗？被折磨成什么模样了？

快到监狱门口了，陪同她来的一个同志对她说：到那里，说什么，不说什么，要事先准备好，探视的时间不多，你要拣重要的说。

沈葆英点点头，她知道这次探监来之不易。

走进警戒森严的黑漆大门，穿过好几条阴沉沉的暗道，到了会见的地方，狱警让她坐在那儿等着。一会儿，传来哗啦哗啦的脚镣声，两个看守押着恽代英出来了。沈葆英看见丈夫那长长的头发、蜡黄的面孔，没有戴眼镜，披着一件黄色的囚衣……不仅鼻子一酸，差点落下泪来。她想，她要坚强，不能在敌人面前落泪。

丈夫走近了，隔着两道墙壁，和她在两个方洞后面对面望着。她一激动，把事先准备好的话全忘了，只说了声："你……怎么啦?"

恽代英倒很镇静，他平静地说："四妹，我很好呀！我是被冤枉的。等刑期满了，我们还是能够团聚的。我问你，你来时，家里人都好吗?"他把"家里人"三个字咬的很重。

沈葆英明白他说的家里人指的什么，忙回答："好，都很好！"

她趁看守不注意，又及时补充一句："伍豪问候你。"

恽代英眼睛一亮，忙问："他回来了?"

"嗯。"沈葆英点点头。

听到"家里人"都很好，又知道周恩来回到了上海，恽代英一颗悬着的心放了下来，入狱以来，他一直担心着李立三的暴动计划，李立三是撞了南墙也不知回头的人。恽代英和李立三、周恩来多次共事，知道两人的禀性，一个做事热情莽撞，一个温和细致，现在好了，周恩来回来了，一定能促进事态向好的方向发展，对周恩来恽代英是信得过的。

"你带我向他问候，谢谢他的关心！"恽代英对妻子说。

"好，我会的。"妻子说。

恽代英接着又问："我带回去的信收到了吗?"

沈葆英点点头说收到了。

恽代英更加高兴，继续说："我在这里很好，同伴们都很照顾我，我每天还在练八段锦呢！将来出去还得做生意活命呢。对家里人说，千万不要惦记我，他们平安健康我就称心满意了。"

沈葆英把带来的包裹交给他。那里面包着衣服、裤子、饼干、面包，还有几本旧小说、唐诗宋词等。在书本的缝隙里，沈葆英写了想说的话，讲她和孩子都很好，要丈夫不要挂念。这些都是她事先想好，怕临时忘记，才写在了书的夹缝里。她指着包袱对丈夫说："家里人都很想你，知道你身体弱，又受了折磨，让我带了些东西来。里面有一张小毛弟的照片。"

小毛弟是儿子希仲的乳名。

"小毛弟！"恽代英一下子兴奋起来，"小毛弟好吗？""好！"妻子点点头。"长高了吧？"恽代英再问。"是啊是啊，个长高了，也很乖。"妻子回答。恽代英满心欢喜，深情地望着妻子说："四妹，我这儿你别挂心，你能把小毛弟带好就行了。等他长大了，能够帮助你，他该比我有出息呀。"停一会，恽代英又说："我们贫贱夫妻，家里穷，底子薄，一切都要省吃俭用。不管日子多么艰难，千万不要亏待孩子。你要好好教育小毛弟，把他教育好了，你绝不会白辛苦的。明白吗？""嗯。"沈葆英点头应着。

沈葆英听说他被捕时和敌人厮打过，在巡捕房又遭到严刑拷打，因而急于想知道他的身体状况，她仔细看着丈夫的脸，除了比以前瘦削些，似乎一切都还好，稍微放下心来。这时，又听恽代英说："四妹呀，我不在家，靠你操持家庭，抚养孩子，我心里很是感激你。告诉家里人，今后不要再给我送东西来了。希望大家勤俭度日、预防疾病、个个健康、生意兴隆。"

恽代英脸上浮起了笑容，他还想继续说下去，突然一个看守从横道里走出来，大声吼道："时间到了，走吧，不许再讲话了！"

沈葆英一下急了起来，连连喊道："看守看守，你们放了他吧，他有病，他没有罪，他是好人，你们放了他吧！"她似乎忘记这是什么地方，向看守苦苦哀求着。

恽代英默默看着妻子，心中难受，不忍离开。

一个看守走上来，推了代英一把，恶狠狠地说："你还等什么？

快走!”

恽代英轻蔑地瞪了看守一眼:“不许动我,我会走!”他回身向妻子说了句:“费心照顾好小毛弟,我不会忘记你的。”然后扭转身,拖着沉重的脚镣,头也不回地走了。

2

恽代英回到“星”字监房,迫不及待地打开了包裹,找到了夹在书籍中的照片,仔细看了起来。小毛弟的样子可爱极了,一双会说话的眼睛似乎在望着他笑。

他把小毛弟的照片贴在脸颊,闭上眼睛,他仿佛听到儿子喊爸爸的声音:爸爸,你什么时候回来抱我呀?

恽代英的心似乎被那喊声融化了。

他的思绪被拉回到了十多年前的时光……

沈葆英是恽代英的第二任妻子,也是他的妻妹。

他的第一任妻子是沈葆英的二姐沈葆秀,在嫁给恽代英之前叫沈宝秀。

恽代英和沈宝秀属于父母包办的婚姻,起初,恽代英并不同意。

岳父沈云驹是武昌官钱局的职员,江苏苏州人,因为恽沈两家是江苏同乡,所以来往甚密。沈云驹的二女儿沈宝秀是他几个女儿中最好看、最聪明的一个,虽然没有正式上过学,但在家中受到了私塾老师和母亲的细心指点,琴、棋、书、画都有领会,还懂得一些诗文,沈云驹把这个女儿视为掌上明珠。沈云驹差不多是看着恽代英长大的,对恽家这位二公子的才学很是欣赏,媒人上门提亲,他一口应允,同意把爱女许配给恽代英。没成想这桩双方父母看好的婚姻却遭到了恽代英的反对。

恽代英反对的理由很简单,婚姻不能由父母包办,他要自由恋爱。

但是,母亲对这门婚事却是铁定的满意。恽代英母亲陈葆云出身仕宦之家，从小饱读诗书，是个大家闺秀，也是恽代英的启蒙老师。这样的母亲看上的媳妇能有差？

恽代英没能抵挡住母亲伤心的眼泪，勉强将这门亲事答应下来。不久恽代英的母亲去世，恽代英为母亲守孝两年。两年守孝期满，恽代英的大哥却突然疯癫了，于是，恽代英的婚事被提上日程。

此时恽代英已从私立武昌中华大学预科毕业，转入该校本科就读哲学。父亲恽爵三（号乐夫）对他说：你该完婚了。恽代英默默点点头。

1915年10月，恽家迎娶沈宝秀进门。

新婚之夜，恽代英闷闷不乐地走进洞房，在此之前，恽代英并没见过新婚的妻子，因为按照旧的规矩，新郎和新娘在结婚之前不准见面。所以，恽代英在挑开新娘子盖头之前并不知道自己妻子的模样。恽代英没有想到，在他挑开新娘子的盖头时，看到的竟然是一个清纯秀丽的美丽新娘。他心内不觉一喜，但是否只是个绣花枕头呢？因为恽代英追求的是理想。

“听母亲说你叫沈宝秀，是哪三个字啊？”恽代英问。

沈宝秀莞尔一笑，抽出桌上笔筒里的笔，在纸上写了三个字“沈宝秀”。字体清秀，功底深厚，不由让恽代英刮目相看。看着新婚的妻子，恽代英不由思念起了母亲，因为这个妻子是母亲为他选定的。母亲叫陈葆云，中间有一个葆字，于是恽代英对新婚的妻子说：“我想把你名字中间的这个‘宝’字改成另一个同音的‘葆’字，你觉得怎样？”

新娘子说话了：“从前在家里，我是父母的宝秀，现在嫁给你，就是你的葆秀，你说改就改。”

“不，现在提倡男女平等，要你同意才行。”

“我同意。”

“既然你同意，今后我就叫你葆秀。”看到妻子点头，恽代英继续说："我们家里原有七口人，有父亲、继母、兄弟四个、小妹，现在加上你，就是八口了。我大哥疯了，被关在进门一边的小房子里；一个弟弟还小，在上学；还有一个弟弟也有病。因此你一进门就有一副沉重的担子，真是委屈你了。关于我自己，我有好几本日记摆在案头，你可以随时去翻翻。"

看样子，这个新郎今晚并不打算和自己同房，新娘想。

果然，恽代英见新娘子已有倦意，说道："你先休息吧!我们明天再接着谈!"然后离开新房，回到书房，点上灯，记下了当天的日记，然后熄灯独自在书房内睡眠。

沈葆秀独守空房三天，三天后回娘家，将这一切告诉了母亲。沈葆秀的母亲也是个有文化的人，听完后对女儿面授机宜：他是个新文化人，这是要和你先谈恋爱呢!

于是沈葆秀按照母亲嘱咐，回到婆家后写了一封信放在恽代英的书桌上。

恽代英从学校回到家看到妻子给他写的信感到十分意外，却也格外高兴，便立即给新婚的妻子回信，他在信中鼓励她："多读书，通情理。"

第二天，沈葆秀又给丈夫写信。

就这样，夫妻俩在一墙之隔的房间里以书信谈起恋爱来。

随着时间的推移，恽代英终于深深地爱上了沈葆秀。在他从书房回到新房的那个晚上，望着美丽清纯的新娘自嘲地说：葆秀，我们这是先结婚后恋爱呢。

沈葆秀用手指轻轻点着丈夫的额头，嘴巴一撇：你就猪鼻子插葱——装象吧!

从此，两人相爱日炽，一直到了难舍难分的状态。

1918年2月，恽代英、沈葆秀夫妇满怀期待的宝宝即将出世。产期快到时，恽代英提出应把妻子送到医院去生产，而那时家人的思想特别守旧，亲属们七嘴八舌地说开了，有的说："女人家生孩子不能见生人。"有的说："生要生在自己家里，死也要死在自己家里。"恽代英拧不过家人，只好把妻子留在家里生产。

2月22日傍晚，沈葆秀的腹部开始出现阵痛，恽代英的内兄沈伯文和岳母闻讯先后赶到恽家。阵痛一直持续到23日凌晨，沈葆秀的身子平躺着，这时血往上涌，沈母连忙端来痰盂，沈葆秀吐了半痰盂血，其中还夹有血块。

就这样，沈葆秀在昏昏沉沉、半昏迷状态中又挨到25日，阵痛再次发作，几个接生婆一听到喊声，就一起拥进了房间，这些接生婆对站在一旁的恽代英说："这样老躺着，当然生不下来，一抱下床，马上就生了。"情急之下恽代英按照接生婆的吩咐糊里糊涂地将妻子抱下了床，孩子果然生了下来，是个男孩，但胞衣却下不来。见状，接生婆们又用土办法让沈葆秀呕吐，她们先用头发在沈葆秀的喉头搔划，而后又用烟袋让她吹呛。经过一番折腾，胞衣也下来了。

又过了一会，一个接生婆给沈葆秀送来一碗稀饭，其实是一碗白蜡，说是为了给沈葆秀安神，沈葆秀吃完后，提出再吃一碗。此时，站在一边的接生婆突然对恽代英大喊道："她气色不对，你快抓脉！"沈葆秀晕了过去。接生婆个个大惊失色，不停地拍打沈葆秀的额头、面颊等部位，只见沈葆秀的眼睛朝恽代英的方向疲倦地望了一眼，便永远地合上了。

恽代英几近昏厥！他的岳父沈云驹闻讯赶来时，恽代英跨上前去扑通一声跪下，放声大哭，自责是他误了妻子，并向岳父、岳母发誓永不再娶。他还在亡妻灵位前庄严保证：为了死去的她，他将"守身如玉"，"使此心古井不波"，"吾愿吾托身为女子，与汝为妇，亦一尝怀孕分娩之苦，以赎此生之罪"。他还为儿子取名"秀生"，即是妻子葆秀所生之意，但是后来儿子未出满月也夭折了。

悲痛之余，恽代英把妻子的遗照放大了一张，并在遗像上，挥笔题下了一首七言诗，藉以抒发他的思念之情：

郎君爱唱女权论，幸福都拼付爱神。
常饮寸心如古井，不妨人笑未亡人。
横风吹断平生愿，死去已看物序更。
我自修身俟夭寿，且将同穴慰卿卿。

同年4月初，沈葆秀被埋葬在珞珈山后谷岭，每到星期天，恽代英便会带着日记本，倚在妻子的茔头，一边给妻子读着日记，一边手抚萋草，暗自垂泪。

葆秀去世一百天的时候，恽代英又一次来到妻子坟前，他从口袋中掏出给妻子的信，念了起来：

葆秀赐鉴：

别汝百日矣。吾终日碌碌似汝在时，然心中未尝不思卿。吾无福之人，不能终有有家之乐，又荒疏愚拙，使卿不免死于非命。吾之负卿，更何以自赎哉！闻卿在冥间尚不得安，未知信否？幽冥路隔，惦念无似，惟愿安心忍守，吾等心如金石，终有相见之期。吾必不负卿，此心可矢天日，卿可不必多疑。前曾致两书于卿，未知收到否，不久当更有详函来汝坟上焚致。吾魂魄常与卿相依。卿如非不可自由，终望梦寐中常相见。仲清在此与我同居，甚佳。卿家中一切如恒。余身体颇好，勿念。闻秀生果在汝侧寂寥，甚善。现焚化金银冥钞甚多，望卿撙节用之，将来余月有收入，则于卿生日亡日必以是为例。卿苟量入为出，庶不致匮乏，余亦稍稍安心。有人为余说媒，余颇呈不悦之色而罢。现余镌“葆秀忠仆”图章，以见志，想此后应无以此等事相扰者也。余今夏仍拟赴庐或仍赴沪，将来就业在此间亦未可知。惟迁葬以备合葬，乃余所视为第一大事也。不仅白。代英。

念毕，恽代英含泪将信焚于葆秀坟前。

就这样，恽代英多次在妻子坟前表白，要为妻子守心、守身，“他日同穴”。他将刻有“葆秀忠仆”四字的玉石图章戴在身上，时刻警醒自己，并改号为“永鳏痴郎”，以表达对亡妻的忠诚。

从下面这篇写于1918年7月2日的日记中，更足见恽代英对妻子的一片痴情：

吾连日忆汝，悒悒不乐，每念汝复生，岂不大佳。世亦非绝无复生者，何独于汝则一冥不复视耶？汝或终疑吾非有真情者，故恝然于我，虽梦寐中亦不与我一亲颜色？然念汝之爱我至少不减于我之爱汝，岂有弃余如是之理。幽明路隔，想汝亦苦忆我或忆我当更苦也。

吾本拟作详书，但碌碌无暇。现余已毕业，因校中苦留，决在此就事，为中学教务主任并兼功课十五点，月薪约五十元。此余审慎以得之。余拟改革计划，确有可行把握，将来于我成名成功必有大益。想卿闻之必亦欣慰，惜卿今日不在余侧也。余拟月入十分之二仍留为汝传名之用，祭祀、修墓等事尚不在内。闻汝托梦大姊示以“塗畲”二字。周扶初言，大概坟墓未安，冥财缺乏。汝墓我总决须迁葬，以便合葬。余死心塌地，死与汝同穴，必求做到，但恐迁葬在明年耳。今日为卿生日。践前言，仍担多量冥钞至墓焚化，愿领受之。将来赚钱多，九十月间仍可再焚化一次。余拟从此地回家，即赴庐山，同行者熟人八九，较去年多照应。因时间所限，无法为长信与汝，歉疚之极！六月初十便从庐回，当再以长信来与卿也。

在此亦便照应仲清，无论如何吾必扶助仲清到底，借以报卿。卿家中之将来，吾尽力之所及，以维持之。

仲清是他的妻弟，恽代英以帮助妻子弟妹的方式表达对妻子的深情。从1918年起，恽代英为亡妻守义整整十年。

十年守义期间，许多亲戚、朋友纷纷劝恽代英，以“不孝有三，无后为大”来开导他，让他再娶，对此，他断然回绝道：“女子丧夫，须守寡终身，男子丧妻，就可以转眼即忘之，而另结新欢，这是何等的不平等，何等的罪过！”

直到有一天妻妹沈葆英长大成人。

3

沈葆英是沈葆秀的四妹，沈葆秀出嫁那年，沈葆英只有十岁。

沈葆英回忆：

我十岁那年，二姐葆秀出嫁。二姐夫名叫恽代英，是我父亲老相识恽乐天的二儿子，聪明俊逸，知书达理。结婚那天，邻舍亲友都来贺喜，看到他不像别的新郎那样披红插花，一身绫罗绸缎，而是长衫素服，朴实大方，不仅啧啧称赞。从此，二姐夫常来我家，并深得我父亲沈云驹的疼爱。平时大姐夫来我家时，父亲总是客气地说："哦，小舫来了，到外面坐。"可是二姐夫一来，父亲就在自己的卧室里让座，泡茶，和他谈文学、论形势，高兴得嘴都合不拢。我们几个小孩子同他也格外亲热，都称呼他"二哥"。

沈葆秀去世后，恽代英忠实地履行着自己在妻子坟前许下的诺言，一有空便到沈家，帮沈葆秀的弟妹们补习功课，批改作业。

在沈家小妹的眼中，"二哥"博览群书、知识渊博，国文、英文、历史、地理，门门精通。只要一看到"二哥"进门，几个坐在桌旁温习功课的孩子便立刻围拢上来："二哥，二哥，快来帮我们温习功课！"这时，恽代英就很自然地坐到桌旁，对孩子们进行指导。特别是教英文，他指着桌上的书籍、纸砚笔墨、茶壶茶碗，见啥教啥，直观有趣，生动活泼，孩子们兴致很高，记得也快。等孩子们都会念了，再给他们讲解文法。

不仅管学习，也管生活。

利群书社开办后，恽代英就安排妻弟沈光耀（即仲清）担任店员。不久，又把沈家几个姐妹和大嫂都安排到利群毛巾厂做职工。厂房小，容纳不了这么多人，恽代英就把一台织布机安装到沈家客厅里，把林育英请到沈家，教沈葆英姐妹如何上机，怎么牵纱，怎么纺线的技术。这样，由她们在家纺纱，织毛巾，再把织好的毛巾拿到利群毛巾厂门市部出售。

在沈葆英的记忆中，姐夫是自己小时候心目中崇拜的偶像：

自从我们进入利群毛巾厂后，我家的客厅也成了进步青年开会的场所。开会时，二哥光耀常常在门口放哨。光耀有事进去时，就由我接替他的岗位。在这个客厅里，恽代英和利群书社的同伴肖楚女、黄负生、林育南、李求实、谢远定、唐际盛等人热烈地讨论着筹建革命组织的大事。我在利群书社帮助他们送过报、做过杂工、做过饭。我非常敬重他们。

……

记得1919年六月的一个晚上，我们全家人吃完饭，久等不见光耀和代英回来。一打听，听说游行示威的学生都围在督军府门口，如果王占元（当时的湖北督军）不答应条件，他们就在街上静坐不走。我们几个女孩子想到两个哥哥还没有吃饭，心里很焦急。大家商量了一下，凑了几个钱由三姐陪着我，在街口买了一笼包子。我穿过长街（现在的解放路），朝南走去，看见街道两边都是学生，有坐着的，站着的，也有躺着的，还有人从家里带来了草席或毛毯，铺在街道两边留着中间作为通道。我一手挎着竹篮，一手抱着件棉袍，边走边问，要找“二哥”，有人问：“哪个二哥？”我说：“恽代英。”他向督军府大门附近一带一指，说：“在那儿。”我从密集的人群中挤过去，离代英很远就不住的喊：“二哥！二哥！”代英一看见我就笑着跑过来，连声说：“四妹！好妹妹，你给我们送东西来了。”说着，他接过竹篮，揭开冒着热气的包袱皮，招呼光耀和旁边的人：“来，来，大家吃。吃饱了才能坚持。王占元吃饱了躺着打嗝，咱们饿着肚子也不行。”他接过棉袍，往地上一铺，说：“哪个累了，在这儿休息吧！”

……

此时的“二哥”在沈葆英眼中俨然就是个大英雄。

十年间，沈葆英从一个稚气的小姑娘长成一个亭亭玉立的少女。春心初动，那支丘比特之箭射向的靶心却是“二哥”。

引导这支爱情之箭的是一本杂志《中国青年》。

4

1923年初夏，恽代英接到邓中夏的信，希望他到上海大学担任总教务长一职。恽代英遂于六月乘船经渝州，出三峡，穿阳夏，过金陵，到达上海。

按照信上地址，恽代英找到法租界辣斐德路186号，上前敲门，开门的正是邓中夏。邓中夏见到恽代英十分高兴，向里便喊：你们看谁来了！

呼啦啦从内屋跑出几人，恽代英一看笑了，原来都是熟人，林育南、肖楚女等。几个人抱在一起，又蹦又跳，互相捶打着。

邓中夏请恽代英到上海的另一个目的是要他参加中国社会主义青年团的领导工作。因而，在南京中国社会主义青年团第二次全国大会上，恽代英当选为中央候补委员。原来的团领导人施存统称病向大会提出辞职，恽代英当即被补为中央执行委员，并担任宣传部长。

恽代英不负重托，当年十月便和邓中夏一起创刊出版了团中央机关刊物《中国青年》。

政治太黑暗了，教育太腐败了，衰老沉寂的中国像是不可救药了。

但是我们常听见青年界的呼喊，常看见青年界的活动。

许多人都相信中国的唯一希望，便要靠这些还勃勃有生气的青年。

恽代英发出心底的呐喊！革命，正在血与火的淬洗中披荆斩棘。前方，是新途，也是陌路。而青年人，无疑是这个时代的开路先锋。

《中国青年》创刊的时候发行了三千册，在大革命期间共出版了一百五十五期，最多时发行到三万册，成为当时发行量最大的革命刊物。

这本小小的刊物打破敌人的查禁，通过各种渠道输送全国，犹如一盏明灯，照亮了千百万追求真理的青年的路程。

郭沫若在1950年说：

在大革命前后的青年学生们，凡是稍微有些进步思想的，不知道恽代英，没有受过他的影响的人，可以说没有。

陆定一把恽代英称为“我的第一个共产主义的老师”。

我第一次看见代英同志，是在上海南洋大学当学生的时候，那是五卅运动前夕。有一次，学校开学生大会学校当局传达些什么。校方发言人讲话之后，学生会的负责人忽然介绍一个陌生人上台讲话。这个人光头，穿一件“爱国布”（一种便宜的布）长衫，湖北口音，声音像四部合唱中的最低音。讲的不是“工业救国”“道德修养”那些老套，而是国家大事。他告诉听众，中国之所以贫穷落后，是由于帝国主义的侵略和军阀的压迫，中国人民的出路是团结起来反对他们。这些现在已是常识，而在当年却是闻所未闻，顿开茅塞。他说理明白，有学问，是个学者。学者，我也见过不少了。到我学校来演讲的学者，都是西装革履、长袍马褂的中外绅士，决不会触犯洋大人和军阀。这个像小学教员打扮的学者，究竟是什么人呢？后来知道，原来他就是恽代英同志，一个共产党员。

洋大人和军阀，说共产党人就是杀人放火，共产共妻的魔鬼一样的人。恽代英同志给我的印象完全不同，共产党人是诚实、俭朴、勇敢、聪明、一心救国救民、有学问、有远见的人。这个形象，我至今不忘。

代英同志是我的第一个共产主义的老师。

阳翰笙则把恽代英比作“照耀我革命征程的第一盏明灯”。

当时，阳翰笙是成都一中的一名学生，学校换了个新校长叫严恭寅，是个官僚政客，学生贴出通告反对他，还打坏了他的轿子。支持他的军阀就通缉学生代表，阳翰笙也在通缉之列。此时，阳翰笙想到了恽代英。

恽代英当时是泸州川南师范学校校长，在成都、重庆、川南以及整个四川都很有名。我当时听说，他是少年中国学会会员，有新思想、新道德、新学问。和他接触过的人都非常推崇他，热爱他。他不但学识渊博、才华出众，而且对于青年循循善诱。人们喜欢读他的文章，爱听他演讲，青年们乐于找他谈思想，请他解决疑难问题。凡受过他教导的学生都热烈拥护他，都以亲聆他的教导为幸。我下决心到泸州去请这位青年导师给我指出一条道路。

阳翰笙费尽周折找到泸州，见到恽代英时，他看到了一个不一样的师范校长。

初次见到恽代英时，我见他平头，布鞋，一身旧学生服，比川师的学生穿着还要简朴。这使我联想起成都一中的那个新接任的校长，出门要坐三个人轮流抬的拱杆轿子。当时的成都，不要说一个堂堂的校长，就是普通教师也都穿得很神气，或长袍马褂，或西装革履，虽无官职在身，已是官气十足。而眼前这个恽代英，是海内有名的学者，青年领袖，又是川南师范校长，却完全是劳动人民的装束，不禁令我肃然起敬。一见面他就和蔼的问我："你从重庆来，路上好走吗?"我说："这条路很危险，到处是乱兵土匪。"他问："那么，你冒危险来干什么呢"我说："我专程来拜访您，有一脑袋问题要向您请教。"他问我有些什么问题。我说："在四川，军阀混战，连年打仗，差不多月月打、天天打，打的民穷财困、民不聊生，我们青年学生读书都非常困难。这种局面究竟何年何月才能收场？老百姓什么时候才有太平日子过?"

他哈哈大笑着说："这不只是你们四川的问题，是全国目前最大的问题呀！你还有什么问题?"

我说："还有一些思想上的问题，个人出路问题……"

阳翰笙告诉恽代英，成都学生界很活跃，什么思想都有，有马克思主义，也有无政府主义，还有人道主义。有巴枯宁的书，也有乌托邦的书。有人主张反对旧思想、旧道德、旧风俗，也有人主张新文学、白话文。又有人说这还不行，需搞思想革命、社会主义革命。他对恽代英说："我在成都就装了一脑袋各种各样的思想，五花八门，乱糟糟的，不知道哪种思想最好。"

恽代英问他："这些思想里，总有一种思想你是比较接近的吧？譬如说，有人主张阶级争斗，你怎么看待呢？"

阳翰笙回答："我看过你翻译的考茨基的《阶级争斗》，觉得有点道理，但是还不大懂，有些问题弄不清楚。还有人道主义，我觉得也不是没有道理。乌托邦的书读起来也很让人着迷，要真能那样，倒也不错。还有无政府主义，将自由平等，不要专制、压迫，好像也很好。教育救国，工业救国也都很有道理。各种思想在我脑子里斗来斗去。不知道哪种思想对，哪个主义才能救中国，我这次千里迢迢求师，就是想请您帮助我解决这些问题。"

那一次，阳翰笙在川南师范待了七天，恽代英同他谈了七个晚上。谈的最多的是中国革命和中国青年的出路问题。他说：中国当前的革命问题是反对帝国主义、封建势力。帝国主义侵略中国，把中国变成半封建半殖民地了。封建军阀就是依靠各个帝国主义的。比如奉系军阀张作霖的后台就是日本军阀；直系军阀的后台就是英国和美国，皖系的靠山也是日本帝国主义。四川军阀和外边军阀都有联系，他们都是封建割据。现在青年人的唯一出路就是进行社会改造活动。除此之外，没有法子救中国。

当得知阳翰笙在成都曾建立过社会主义青年团后，恽代英笑着对他说："你们自动组织了社会主义青年团，这倒很少见。"接着又严肃地说："目前，摆在全国青年面前的中心问题是：青年向何处去？孙中山有孙中山的道路，无政府主义有无政府主义的道路，胡适派、国学派有他们的道路，共产主义派也有自己的道路。议论纷纷，主张繁多，大约总有十几二十多种吧。一个青年要找一条正确的路不是简单的事。你们认为社会主义比较好，自己又建立了社会主义青年团，你们这就找到了一条光明的道路。希望你们坚定信念，毫不动摇地走下去。”

可以想象，一个师范学校的校长和一个来自外地的陌生青年学生毫无保留地谈了整整七个晚上，他对青年该是寄予了多大厚望啊！

阳翰笙说，我听了他的一番教诲，如同在黑暗中认清了光明的方向，恽代英是照耀我革命征程的第一盏明灯。

新中国成立后曾担任过司法部副部长和最高人民检察院副检察长的陈养山则把恽代英视为“走向革命的引路人”。

恽代英在上海主编《中国青年》时，陈养山是汉口的一名店员，当他读了《中国青年》杂志的文章后，“真如久旱逢甘霖”，使他“在黑暗摸索中见到了光明”。他集合了三四位志同道合的店员，建立了一个读书小组，每周以十小时左右的时间，学习时事和社会问题。

1924年5月间，他开始和恽代英通信，报告读书小组情况和请教问题。令他想不到的是，恽代英不但每次都给他回信，并且利用回武昌探亲的机会，约陈养山到他家中见面。

陈养山回忆：

代英同志住武昌涵三宫，门牌号数忘记了。那是一个天气较热的夏天，我赶到他家时，正是上午十时许，一直谈到下午四时。

他家是很陈旧的一个小院子，大概有三四间黑而又小的房间，我们谈话是在进院的一间客房，桌椅都是很旧的。我见到代英同志就像早已相识的友人一样，热烈招呼。他戴着无边的近视眼镜，光头，一看就能知道是一位艰苦博学的教师。

……在这次会面中，我向代英同志提出几十个问题。由于当时我们店员组织的人都不了解马克思主义，对《共产党宣言》也看不很懂，甚至什么是帝国主义、资本主义、社会主义也知道的很少。苏联革命是怎样胜利的？中国革命要怎样搞法？将来成立怎么样的政府？……也弄不明白。所以当时我提出一大堆问题，请教代英同志，他都作了耐心的解释。我记忆最深的是，他说：中国革命必须推翻帝国主义和军阀统治，要建立苏联式的政府，人民才能得到解放。最后，代英同志指定并介绍余世颂同志和我联系，此后，我们小组的活动，就向余世颂同志汇报，实际上这是把读书小组交给当地的组织联系了。

这次和恽代英的见面，影响了陈养山的一生。后来，陈养山加入了社会主义青年团，恽代英又将他调往上海团中央工作。再后来成为周恩来手下的一名出色的特科人员。

吴黎平，《反杜林论》的首译者，著名马克思主义理论家和翻译家，则把恽代英称为“我的良师益友”。

我参加共产主义队伍是恽代英引导的。我的入党申请书上虽然没有恽代英的签名，没有留下他的书面意见，但实际上是他培养的。

五卅运动时，恽代英一边主编《中国青年》，一边做上海市学生联合会的领导工作，吴黎平则是大夏大学的学联代表，十七岁，还是个毛头小伙子。为了安全起见，恽代英召集学联开会，一般不在学联办公的地方，而是在体育场借的一个小房间内或是就在工厂的一个角落里。工人顾正红被残杀后，学校罢课，工人罢工，商人罢市。恽代英忙得不可开交，常常来不及吃饭，就买两个饼子，边走边吃。吴黎平回忆：

恽代英同志就是直接领导这个蓬勃兴起的运动的。他每次来找学生会的负责人员汇报情况，布置工作，总是戴着一副深度近视的眼镜，穿着旧夏布长衫。长衫皱的很，衣角已卷了起来。当时做地下工作的，为了掩护身份，在穿着上往往比较讲究，但是代英不是那样。他到会非常准时，常常是别人没到他先到。来了以后，耐心地听大家的意见。他很会讲话，逻辑性很强，多少年来还很少看见这么会讲话的，而且讲时从来不念稿子。他教育我们怎样发动群众，推动群众前进。他谈到如何发挥工人的带头作用、发挥学生的革命热情，如何做好统一战线、团结广大群众去作民族斗争。他说，我们要罢工罢市，大资本家不让我们罢。他们对帝国主义大事化小、小事化了。我们要推动爱国斗争，而大资本家虞洽卿不赞成，所以我们要团结大家去和大资产阶级的妥协行为作斗争！

后来，恽代英介绍吴黎平去苏联学习，同去的有张闻天、沈泽民，还有王稼祥。

岂止是陆定一、阳翰笙、陈养山、吴黎平，《中国青年》的影响以致改变了数以万计的进步青年的人生轨迹，使他们在迷茫中警醒，徘徊中坚定，最终跟定了共产党。

“四妹”沈葆英也是其中的一个。

5

恽代英到上海时，沈葆英也考进湖北女子师范学校。

恽代英就按期把自己主编的《中国青年》寄给她，他期望着四妹的成长。

每次收到“二哥”寄来的杂志，沈葆英都如获至宝，一口气将它读完，《中国青年》像一块磁石一样吸引着她。

沈葆英有个同学叫范明洁，也是她的闺密，她是青年团员，但沈葆英并不知情。

一次沈葆英躺在床上把“二哥”寄来的杂志读完后，顺手放在了枕头旁边，被范明洁发现了：“咦，你怎么有这本杂志？”

沈葆英说是恽代英寄来的。

范明洁很惊奇：“恽代英是我们青年团的领导人，你是怎么认识的？”

沈葆英没有明说，只是说：“我哥哥是恽代英的学生，前些年，恽代英常到我们家来教哥哥功课，我们就跟他学习英文和历史，所以我也就成了他的学生了。”

“噢，是这样啊，你可真幸运。恽代英可是大学者，是我崇拜的偶像级人物，在青年中可有影响了！”范明洁兴奋地说。

两个人坐在床沿上交流起了学习《中国青年》的感想。

“葆英，你最喜欢那篇文章？”范明洁问。

“每篇文章我都喜欢，但比较起来，我还是喜欢恽代英的文章多些。特别是《怎样才是好人》那篇，写的多好哇！”沈葆英说。

范明洁盯着问：“你觉得怎样才是好人呢？”

沈葆英回答：“好人就是恽代英在文章中说的那三条：要有操守，有作为，为社会谋福利。就是说能给大家办事。”

范明洁拍起了手：“说得好，我们青年人就是要有革命理想。闹学潮，也不只是反对几个腐败教员，是要把封建枷锁砸碎，把旧学校重新改造。”范明洁有力地挥挥手。忽然又问：“哎，我们将来的理想社会是个什么样子，你想过没有？”

“没想过。”沈葆英老实回答，“可我听代英讲过，将来的社会不允许人吃人，人压迫人。要人人平等，人人有饭吃，有衣穿，有工作做。那时候我还小，听了也不懂。现在看了《中国青年》，我好像明白了。”

“那怎样才能实现那个理想的社会呢？”范明洁穷追不舍。

“怎么实现？”沈葆英想了想，说，“毕业后我就去找恽代英，跟他干革命！”

“你喜欢恽代英？”范明洁盯着沈葆英的眼睛。

沈葆英面色微红：“我，那，那，你不也喜欢他吗？”她反问。

范明洁笑了：“傻丫头，我那是崇拜，和你的喜欢不一样。”范明洁向沈葆英努努嘴。

“你们经常通信？”范明洁又问。

“嗯。”沈葆英点点头，“可是，讲的都是他在外面的情况和家里生活呀什么的，就是给我鼓励啦，没别的。不过，现在我想好了，等我毕业了，就去找他，跟他干革命！”

范明洁望望葆英，认真地说：“毕业还早哩！现在你怎么办？”

“现在？”沈葆英不解地望着范明洁。

“对呀，现在就不革命啦？”范明洁说，“我来介绍你加入青年团，青年团就是恽代英领导的呀！”

“好呀，我现在就写申请。”沈葆英高兴地跳起来。

沈葆英把自己加入青年团的事情写信告诉了上海的“二哥”，恽代英很是高兴，但想到“四妹”出身于官宦家庭，虽然在岳父死后，已经衰弱到过着城市贫民生活，可是和工农大众比，还是有不小的差距，而且她还年轻，许多革命的道理还不明白，所以，特地在回信中告诉她：“小资产阶级出身的人，要想搞共产主义大业，就要舍得身份，要出卖自己的阶级，也就是要背叛自己的阶级，不然会格格不入的。舍不得身份，放不下架子，是不行的。”

接信后，葆英反复思考“二哥”的这段话，恰巧，学校团组织动员团员和积极分子到工厂去，帮助工人学文化，鼓动工人起来斗争。好多女同学都不敢去，沈葆英却决定要去。她将自己的想法告诉了恽代英，恽代英很快回信，支持她的想法。这样，沈葆英就去了工厂，她帮女工学识字，和工人家属一起去旷野捡柴、挖野菜，和老年人拉家常、说知心话，还教工人的孩子唱歌、做游戏，工人们看到这个漂亮有文化的姑娘没有架子，为人和气，都愿意接近她，待她亲如家人。

很快，沈葆英由共青团员转为共产党员。

恽代英到武昌出任武汉中央军事政治学校总教官那年，沈葆英已从湖北省立女子师范学校毕业，在省立第一小学教书。一天，省立第一小学校长、共产党员王觉新邀请恽代英来校演讲。演讲完毕，王觉新和许多人出来送别，沈葆英也在其中。恽代英站在校门口，稍稍停顿了一下，走到沈葆英身旁，轻声说：“四妹，我有点事想和你谈谈。”旁边的人一看，都会意地走开了。恽代英接着说：“四妹，今天天气还早，我想到你二姐坟上去看看，你能不能陪我走一趟？我有些话要对你说。”沈葆英望望恽代英，点点头说：“好。”

两人沿着通洪山的马路向东走去。出了东大门，不远处就是洪山墓园。

恽代英在山脚处停了下来，那儿矗立着一块新立的高大墓碑，碑体正面刻着几个鲜红的大字：施洋先生之墓。

恽代英站住了，脱下军帽，凝视着墓碑，深深地鞠了三个躬。恽代英对沈葆英说：“伯高（施洋号）兄是个了不起的人，当年，我对他的外表和服装看不惯，因而，保持距离，敬而远之……是革命使我真正认识了他，许多人是不能单看外表的……”

那时，施洋是利群书社的常客，和刘仁静、林育南过从甚密，后来曾去湖南和毛泽东结拜过兄弟。但起初恽代英却对他有看法，只是因他那一身绸缎的穿戴。直到一起联合与军阀斗争，才感到施洋是真正的铮铮铁汉。

此刻站在施洋墓碑下，恽代英心中充满了崇敬。

两人边走边说，很快到了珞珈山后谷岭。先到恽代英母亲的墓前鞠了躬，站立一会，就来到了沈葆英的二姐葆秀墓前。恽代英再次脱下军帽满含深情地鞠了个躬，低声说：“葆秀，我和四妹来看你了。”说完，他在旁边找了块石头坐下，把沈葆英拉到身边对她说：“四妹，今天带你到这里来，是想共同向二姐凭吊，向她致意。我想先说说我心里的话，可以吗？”

沈葆英羞怯地望望代英，没说话。

恽代英便对着葆秀的墓开始倾诉：“葆秀，你离开我已有十年了，我为你守义也守了十年。古人强迫女人守节，我坚决反对。而我为你守义，是心甘情愿。这不只是我个人对你的情谊，也是为了给那些歧视妇女、不守信义的人看看，给他们一个回答：人间还有真情在……”沈葆英似乎看见恽代英眼睛里噙满了泪花。恽代英继续说着："今天，我已经是个无产阶级战士了。共产党肩负着解放全国劳苦大众的庄严任务。我需要亲密战友，革命伴侣。四妹已经长大成人了，她也是个共产党员，也是无产阶级战士了，为了实现我们共同的理想，我希望她能和我并肩战斗。你若九泉有知，会同意我的心愿吧！"说到这里，恽代英已是泪流满面，声音有些发抖了。他转过脸来歉疚地对葆英说："原谅我四妹，没有征求你的意见，就在二姐坟前先说出了我的心愿，你不会怪我吧！你愿不愿意和我结成革命伴侣，也可以对二姐说说。"

沈葆英在一旁早已听得无语哽咽，她克制不住猛地扑到姐夫肩头上，一时，两个人已是泪湿衣衫。

1927年1月16日，三十二岁的恽代英和二十二岁的沈葆英在武昌德胜桥恽宅举行了婚礼。至此，"永鳏痴郎"的恽代英终于结束了十年独身生涯。

婚礼十分简单，只有亲戚数人在场。军校工作十分繁忙，恽代英不愿因私事影响公务，仍然照常上班。那天，他从军校回到家里，父亲对他说："葆英已经接过来了，快去换了礼服行礼吧！"代英没有依从父亲，他委婉地向老人说明了理由。就这样，他照旧穿着军服，斜挎着武装带，和葆英在一对红烛前面行了鞠躬礼，成了亲。

恽代英仅在家中过了一夜，成亲后的第二天一早，他按照军人纪律，仍回军校去住，以至于许多同事都不知道他结婚的事。

6

恽代英没有想到，他结婚的那年，竟是国共两党历史上最血腥的一年，那一年，蒋介石羽翼丰满，汪精卫心怀鬼胎，先后向共产党人举起了屠刀，共产党人血流成河，不得不被迫举起了抗争的刀枪。

4月，蒋介石发动四一二政变，恽代英参加了武昌跑马场三十万人的讨蒋大会。恽代英对沈葆英说："看样子，大资产阶级找到了他们的代理人，要和我们分手了。他们感到形势对他们有利时，参加了革命。现在，看到共产党越来越强大，他们害怕了，怕共他们的产，又起来反对革命了。”

紧接着四川军阀杨森和独立第十四师师长夏斗寅举兵叛变，杨森部顺流直下荆沙、仙桃，从西面进逼汉阳；夏斗寅部17日抵达距武昌仅四十里的纸坊。

恰在此时，武汉国民政府所辖部队大多奉命开赴河南讨伐奉系军阀，武汉兵力空虚。汪精卫惊慌失措，武汉三镇谣言纷起，一夕数惊。

在这严峻时刻，蔡和森提议，调武昌卫戍司令叶挺部队进行反击。恽代英提议把农工及学生两千余人编为义勇队配合叶挺部作战。国民党中央会议最后决定由武汉军校整编部队参加战斗。

5月18日，武汉军校师生组成的中央独立师在两湖书院誓师，师长侯连瀛，副师长杨树松，恽代英则亲任党代表。

队伍开拔了，恽代英戴着眼镜，穿着布军装，打着绑腿，走在队伍前面。他的英姿多少年后还被人称道。

叶挺部队和军校独立师组成讨夏大军浩浩荡荡开赴前线，首开得胜，在纸坊大败夏斗寅，接着在土地堂包围并击溃敌人。夏斗寅残部向东逃窜，武汉转危为安。讨夏部队又马不停蹄经咸宁、蒲圻，在嘉鱼渡江，配合李富春、林伯渠任党代表的第二、六军西征杨森，在新堤、峰口一带大败杨森，使其被迫向西败退，取得了“牵羊”（歼杨）战役的胜利。

值得一提的是，在军校的中央独立师中还破天荒出现了一支一百多人的女兵部队，由军校女学生组成。所到之处，很多人争看女兵，一些上了年纪的人说：活了这么大岁数，从来没见过大脚板、穿军衣的女人。女兵谢冰莹记述战斗生活的日记，陆续以“从军日记”的名义在孙伏园主编的英文《中央日报》副刊上发表，立即轰动中外文坛，被译成英、法、俄、日等国文字。法国大文豪罗曼·罗兰特致函《中央日报》祝贺，美国一家报纸的主笔也函请《中央日报》多登这类文章。

这批军校女生是恽代英力主招收的。

讨伐杨、夏胜利归来，国内形势却变得日益险峻，继许克祥在长沙制造“马日事变”后，江西的朱培德也以“礼送”为名，驱逐共产党出境；曾经高唱“革命的向左来，不革命的走开去”的汪精卫，也由动摇转为反动，阴谋酝酿着“分共”。

汪精卫与共产党展开了一场争夺武汉军校的斗争。

本来，中央独立师凯旋回汉后曾进行扩编，“计共编成步兵三团，外机关枪一营、炮兵一营、工兵一营”。但汪精卫却下令取消中央独立师的名义，“调回武昌训练，恢复学校旧制”。而北伐归来的邓演达则完全被汪精卫撇在一边。邓演达两次登门向汪精卫进言，力劝他不要分共，几经争执，汪不予理睬。邓演达也曾竭力争取张发奎和冯玉祥，但收效甚微。在汉口黄陂路一栋房子的三楼，邓演达曾对郭冠杰说：“冯玉祥出身贫苦农民，由小兵而至将帅，近年受军阀压迫的痛苦，得到苏联和中共的帮助，倾向革命，岂料现在竟然动摇，庇护蒋介石，实在可悲。”

苏联顾问铁罗尼向中共中央提出拥邓出山收拾残局，以邓代汪。但共产国际和陈独秀依然对汪精卫抱有幻想，坚持要“以汪为中心”，对邓演达不予重视。邓演达感到无力回天，在极度孤立中通过谭平山转告中共中央，汪精卫即将向共产党动手。6月的最后一天，邓演达悲愤地发表了《告别中国国民党同志们》的留别书，辞去了国民革命军总政治部主任等职务。而后秘密化装出走，去了莫斯科。

邓演达脱险后，这封留别书由秘书送到恽代英手中。恽代英看完这封信后即拿信向中共中央请示，中央判定汪精卫等人不会接受这个劝告，指定先照相再送交，致使这封珍贵的信保留了下来。

邓演达走后，恽代英在军校独臂难支，中共中央军委书记周恩来特派从四川来汉的陈毅到军校报到，以政治部准尉文书的身份协助恽代英从事军校的党务工作。

汪精卫则派陈公博继任邓演达职务。

恽代英、陈毅将一些名气较大并已公开的党团员转移到叶挺、贺龙部队，或疏散去农村，留下的党团员则积极整顿组织、团结群众，待机而动。

一天清晨，武汉军校召开全校师生大会，恽代英登上讲台，面色严峻，他说："同志们，今天是我们最后一次聚会，明天早晨，打倒恽代英的标语，就会出现在武昌城头上了！现在政治形势虽然一时逆转，但我敢说，中国革命必然会成功，胜利一定属于我们。我们分散以后，希望每一位同志就是一粒革命种子，不论撒在什么地方，就让它在那里发芽、开花、结果……"

铿锵有力的话语在军校上空回荡，也久久激荡在军校学员的心中……

恽代英匆匆赶回家中和妻子告别，趁夜色登上黄琪翔的船，赶赴九江。

恽代英走后不久，父亲恽爵三和四弟恽子强就被敌人捆绑拷问。沈葆英侥幸脱险，她脱下旗袍，换了件二哥的长衫，戴顶礼帽，把头发盘在里面，打扮成小伙模样，在长江边搭上一艘小船，逃离虎口，去了汉阳龟山脚下的娘舅家。就在沈葆英离家后不久，凶残的敌人就赶到恽代英家准备逮捕沈葆英，当敌人搜查到沈葆英房间时，发现她用过的洗脸盆里的水还是温热的，敌人立即追赶，但她早已不见去向。

恽代英和沈葆英从结婚到被迫分离只有短短几个月时间。

7

躺在南京中央监狱"星"字牢房内的木板床上，恽代英望着天花板继续回忆着。

恽代英和沈葆英再次相见已是五个月以后。

那时，恽代英身上背负着两个处分。一个是南昌起义失败后，中共中央给的警告处分；一个是广州起义失败后李立三给的撤职处分。

1927年大革命失败后，远在莫斯科的斯大林提出了中国革命的“三阶段论”。

广州时期为第一阶段，是无产阶级、农民、小资产阶级、民族资产阶级四个阶级联合的全民族的反对帝国主义的革命阶段；武汉时期为第二阶段，是无产阶级、农民、小资产阶级联合的“土地革命阶段”；汪精卫叛变革命后为第三阶段，是无产阶级和农民联合的“苏维埃革命”阶段。斯大林信心满满，甚至认为“在最近时期（不一定是经过两个月，也许经过半年、一年）新的革命高潮成为事实”。

共产国际全权代表罗米那兹把斯大林“三阶段论”奉为神圣的信条，并为中共中央后来的几任领导人所接受，成为共产国际指导中国革命的理论依据，也是历次左倾错误的根源。

那年11月，瞿秋白在上海主持召开中央临时政治局扩大会，罗米那兹在会上作报告，认为中国革命潮流是不断高涨，革命性质是“无间断革命”，革命任务是在中心城市搞武装暴动。会议接受了他的主张。

而实际情况是，中国革命已转入低潮，共产党员由原来的六万人锐减至一万人。

这次会议，通过了《政治纪律决议案》，在组织上采取惩办主义，指责南昌起义的前敌委员会执行的是“机会主义的旧政策”，作出了给周恩来、李立三、恽代英、彭湃以警告处分的决定。

广州起义失败后，恽代英等再次撤退到香港，而这次等来的是被撤销广东省委常委职务的处分。

在香港，恽代英对妻子的思念与日俱增，终于，他给沈葆英写了信，希望妻子能来香港团聚。

远在汉阳的妻子也无时不在思念着处于动荡中的丈夫，担心着他的安危。

沈葆英回忆：

一天，三姐来了。她先告诉我外边的情况：武昌城门楼上、电线杆上挂着血淋淋的人头，其中有我的同学。接着她拿出一张揉皱了的信纸，这是代英给我的信。信上说他是在去江西的一只船上写的，告诉我一路平安，不要挂念，睡觉晚一些，身体很好。还有一封信，也是发自江西的一个小县城，信上说：跟老板做生意，老板很高明，一昼夜间赚了一万多，现在做新的生意，要到南边去。后来我见到代英时才知道这封信中的隐语指的是南昌起义的事。“老板”是指周恩来等领导同志，“做生意”是起义，“赚了一万多”是消灭了一万多敌人，“向南去”是千里行军，向广东进军。

代英每次来信，三姐就来看我一次。从信上我知道道路泥泞，行军很艰苦。我总相信，离别是暂时的，早晚我会到他身边去，就是三年五载，我也要等下去。只要有消息，不发生意外，我也就安心了。我自己安慰自己，有时发痴发呆，想着不知何年何月才能同他团聚，心里就会一阵难受。舅妈看我情绪不好时，就来劝我。我们就这样咬着牙坚持着，期待着。

冬天来了，代英大约是忙于策划广州暴动，给我的信也少了。我焦急得坐卧不安。过年后不久，忽然来了一封信，地址看不清楚，信上说：刚刚又做了一笔生意，赚了一笔钱，又倒出去了，但我们不失望。做生意，赚钱和折本是常有的事，只要不赔了老本就好。“事情总不是一帆风顺的，顺风、逆风都会碰到。我们的船可能到一个港口去，就是在那儿停些时等生意，我再给你写信来。”

没几天，代英又来了一封信，说是老板同意你来帮我们。信上说：“四妹，我在这儿要等一阵，接信后可立即动身南来，从上海换海轮，直达香港……”信中还讲了要我在某某宾馆住下，他来接我。

收到代英的信后，我决定立刻动身。代英父亲给了我二十元钱，三姐帮我去买了船票，我带了些必需品，就在江汉关乘船出发了。到了上海，在旅馆里托茶房买了去香港的船票。到香港后雇车直赴那个旅馆。我在二楼开了个房间，在旅客留名牌上写上“沈延”。

直到第二天下午，有人敲门，开门一看，正是代英。他瘦了。但是精神仍很饱满。他见了我高兴的说：“哦，你终于来了，欢迎欢迎。”他说他已来过几次，今天看到留言牌子，才知道我到了。接着说这里人杂，认识他的人很多，不能久住。于是，他叫我算了账，带我来到一个平民住宅区。

夫妻武昌一别，转眼已是五个多月，五个月间在恽代英身边发生了多少惊心动魄的事件，而这些事件都和中国的前途与命运紧密相连。五个月间，沈葆英更是在担心和惊恐之间度过，那种相思，那种煎熬，非亲身经历而不能言说。

一夜无眠，他们该有多少话要说。

8

广东省委自撤退到香港后，短短数月，几经换帅，可见斗争之残酷。

前有张太雷血洒战场，后有邓中夏被捕，中间有李立三的被撤换。万般无奈之下，中共中央派周恩来赴港，重组广东省委。

在香港，恽代英除去组织有关人员寻找、接待广州起义后疏散在港的同志，将他们安全地转移到上海或其他地方之外，继续负责编辑广东省委的《红旗》杂志。

沈葆英到香港后则协助恽代英，负责整理国际国内的政治资料，并负责恽代英的安全。每当恽代英在楼上开会时，沈葆英就在楼下看守望风。恽代英对妻子说：“香港这个地方，情况特殊，各国特务间谍都有，政治斗争非常尖锐。最近国民党又派了不少特务来港，斗争更加激烈。党的地下工作者，时时刻刻都要提高警惕，每根神经末梢都要参加战斗。”

不久就发生了一件让沈葆英惊恐的事。

一天傍晚，恽代英不在家，几个同志在他家楼上开会，沈葆英负责在楼下望风。突然响起了急促的敲门声，隔着门缝一看，见不是自己人，沈葆英连忙上楼报信。可就在这时，不明就里的房东已经将房门打开。几十个巡捕蜂拥而进，一面搜查，一面把开会的人都捆了起来。这时，一个巡捕拿枪指向了沈葆英："快说，谁是你的男人！"沈葆英脑子在迅速运转，他们是想找到主持者。她急中生智，按照早先恽代英的嘱咐，对巡捕说："我是从外地来这里探亲的，这些人我都不认识。""胡说，不说实话就枪毙你！"巡捕晃动着乌黑的枪口。沈葆英坚持说自己刚从外地来，什么也不知道。巡捕见沈葆英穿一身蓝旗袍，不是香港人的打扮，便把几个开会的男同志带走了。

待巡捕离去，沈葆英迅速收回窗外那串作为暗号的红辣椒，急匆匆出门去找恽代英。找了三天才在街头见到丈夫，恽代英向妻子使个眼色，沈葆英便不说话，尾随丈夫来到一个陌生的地方。进门后，沈葆英心中难过，向丈夫诉说了这几天的遭遇，话语中带着伤感。恽代英安慰她说："你看，又闹孩子脾气了。革命是免不了风险，免不了牺牲的，要经得住考验。我还以为你也被捕了呢。你掩蔽了自己，还算是机智的，挺了不起。"

沈葆英并不知道恽代英已经被撤职。只见丈夫每天夜以继日忙个不停，面色比以前更加憔悴，就嘱咐他注意身体。每当这时，恽代英总是对妻子笑笑："别管我，我没事。管好你自己就行。"

沈葆英初来乍到，人生地不熟，整天呆在屋子里，心中难免憋闷。一天，恽代英从外面回来见沈葆英闷闷不乐，就轻轻走到妻子身边，低声问道："葆英，你在想什么？是不是觉得生活太苦了？"

"苦倒不怕，就是有些郁闷。"沈葆英叹口气，"咳，你说这心吧，有时能兴奋得飞到半空去，可有时寂寞得像被打入冷宫。我有时不知道该是兴奋还是该是烦恼。"

恽代英笑了：“好吧，乘现在还没开始新的工作，我陪你到街上走走。”

两人信步来到一家咖啡店门口，代英说：“进去吧，来香港这么久了，带你开开洋荤。”两人找了个僻静角落坐下来，要了两杯牛奶咖啡，慢慢地品尝着。

代英问妻子：“你觉得闷吗？是不是想家了？”

沈葆英放下咖啡，盯着丈夫的眼睛：“怎么，要赶我回去啊？我可告诉你，我既然找到你了，就再也不离开你。”她又喝一口咖啡，认真地说：“这几天跟着你我懂得了什么叫斗争，什么叫生活。你知道的，我不怕吃苦，也不怕坐牢杀头，就怕生活死气沉沉。”

恽代英望着进进出出的人群，对妻子说：“你说得对，我们要争取过人的生活，就不能怕吃苦。你瞧，这里进进出出的人，有的是两口子，有的也可能成为两口子。他们中有的携儿带女，吃吃喝喝，所谓恩爱生活、甜蜜岁月，所谓的美满的、幸福的家庭。而我们呢，身处异地，天天都担着风险。你现在跟着我，担惊受怕，甚至连条被子都没有。你说怎么好？没有钱，没有固定收入，没有自己的房子，什么也没有，只有一颗火热的心，这就是我们的革命生涯。将来胜利了，我们说给别人听，不知道有没有人会相信？”

歇一会，恽代英又说：“书呆子，没有生活乐趣；浪荡子，不懂生活乐趣，他们把肉麻当有趣，把占有当幸福。有的人没有灵魂，只能算是行尸走肉；有的人妖里妖气，只能算衣架饭囊。好吧，他们干他们的，我们干我们的，这有什么！自从有了阶级，本来大家就不同嘛！乐趣也不同。在这个地方，他们纸醉金迷，找到了乐趣。我们观察大千世界、芸芸众生，也找到了理解生活的乐趣。四妹，你是不是也很有收获？”

沈葆英望望丈夫，见他满脸童真的样子，笑了。

“古人说：安贫乐道。对我们来说，这个‘道’，就是我们的理想和信仰，为了实现它而吃苦，而斗争，这就是最大的快乐！你说是不是，四妹?”

恽代英还在说着，沈葆英却忽然想起一件事，问丈夫：“哎，出门前你说什么来着？说你现在没有新的工作？是怎么回事?”

恽代英望望妻子没回答，稍停后说：“你就不要问了，会有新工作的。很快!”

这时，周恩来到了香港。

周恩来到香港后，立即召开广东省委扩大会议，统一思想。

为了遮蔽巡捕和特务的耳目，会场布置成结婚现场的样子，在一栋张灯结彩的公馆里举行。这一天，沈葆英担任会议的保卫工作。她第一次参加这样重大的活动，既兴奋又紧张，特别小心地站在大门口接待来宾，眼睛紧张地注视着大街上，看看有没有可疑的人。这时门外走来一位气派的“贵客”，中等身材，穿着浅色哔叽西装，英俊而消瘦的脸上，一双浓眉下衬着一双炯炯有神的眼睛。他跨进大门时，朝沈葆英亲切地点点头，那双大眼睛里含着笑。

“他是谁?”沈葆英问恽代英。

恽代英贴在沈葆英的耳边说：“他是伍豪!”

“呵，是伍豪!”沈葆英既惊又喜。伍豪即周恩来。她以前虽没有见过，但早已从恽代英和其他许多同志的口中，闻知不少有关他的故事。

会上，周恩来对广州起义作了肯定。他说，这次起义正是在反革命猖獗，全国的城市都在反革命手里的时候，广东工人和革命军人，在党的领导下，联合起来向反革命进行武装斗争的英勇尝试。在这次起义中，绝大多数同志包括知识分子出身的党员都是英勇斗争的。提拔一些出身工人的优秀分子参加新的省委领导是很好的，但是不能因此清除一些知识分子出身的干部。他客观分析了起义失败的主、客观原因，对有错误的同志也提出了批评，以便今后吸取教训。周恩来宣布，原来的处分决定无效，恢复了恽代英和其他被撤职同志的工作。

散会后，代表们陆陆续续离开了“新房”。在门口担任警卫的沈葆英多么希望能与周恩来同志握握手。周恩来像知道她的心事一样，临离开时，走过来停在她面前紧紧地握了握她的手，说：你辛苦了。沈葆英心头不觉一暖。

入夜，沈葆英对丈夫说，伍豪很平易近人。

9

香港广东省委扩大会议，是南昌起义后恽代英和周恩来的首次见面。

半年后，恽代英奉命从香港调到上海党中央组织部，接替余泽鸿担任组织部的秘书，协助组织部长周恩来工作。沈葆英随同前往。

这是恽代英第二次在上海工作。

前面说到，恽代英第一次去上海是在1923年，参加青年团领导工作，创办并主编《中国青年》；国民党“一大”后，又参加国民党上海执行部工作，担任宣传部秘书，部长是叶楚伧。那时国共两党正处于热恋期，由于孙中山的庇佑，年轻而充满朝气的中国共产党如鱼得水，闹得风生水起。

恽代英第一次到上海时，最初的公开身份是上海大学教授。“上大”是1922年秋，国共两党酝酿合作的过程中建立的。这个大学开始是办在宋园。宋园是为纪念被袁世凯暗杀的同盟会会员宋教仁而修建的，园内筑有他的铜像。

“上大”校长是国民党的元老于右任，副校长是邵力子，教务长是邓中夏。下边有三个系：社会学系、中文系、英文系。学生最多的，最大的系就是社会学系，瞿秋白任系主任。蔡和森、张太雷、施存统、邓中夏、任弼时、肖楚女、安体诚、李季、蒋光慈等都在社会学系当教授。恽代英到上海后也在社会学系授课，讲授国际问题和国内政治。中文系系主任陈望道，教授有郑振铎、沈玄庐、田汉、周予同、方光焘、俞平伯等。

从上述名单就可以看出，这些教授都是当时有名的马克思主义者，并且是共产党中央或青年团中央的一些负责人。上海大学实际上成为了共产党的“党校”，培养共产党干部的摇篮，人称“东方红色大学”。

曾是上海大学学生的阳翰笙回忆：

一部帝国主义侵略中国史，经代英一讲，有声有色，活灵活现。从鸦片战争、中日战争、英法联军、八国联军，一直讲到辛亥革命、军阀混战，等等。他在讲台上大声疾呼，号召我们青年人立即行动起来，动员全国人民，推翻帝国主义和封建军阀的血腥统治，建立起独立、自由、幸福的新中国。

……

恽代英讲话逻辑严密，鼓动性强。他讲课时，中文系、英语系甚至外校的学生都赶来旁听。当时的上海大学是上海革命青年的中心。青年们只要打听到恽代英哪天来讲课，都从四面八方蜂拥而来，课堂上总是挤得满满的。大热天，代英同志连手绢都不带，一连三四个小时，口若悬河，滔滔不绝。讲热了，满头大汗，用袖子一擦，又继续讲下去。同学们都很关心他，我和张霁帆经常负责上课时给他端茶送水。看到他热的冒汗的样子，张霁帆问我：“你有钱吗？给他买块手绢去。”我们买了块手绢送给他，他把手一摆，笑着说：“你们买这个干吗？我不习惯用这个东西。”

著名教授云集，上海大学声名鹊起，以至于设备完美的南洋大学、沪江大学的学生都转到上大就读。学校也从青云路迁到公共租界的西摩路的一百三十二号，并将三个系拓展为三个院、若干个系。三个院是：社会科学院、自然科学院和文艺院。

这期间，上海发生了震惊全国的五卅运动，恽代英也是发动者和领导者之一。

五卅运动的前奏是沪西纱厂2月大罢工。起因是日商踢伤一名夜班女童工，并开除工人。邓中夏、李立三领导工人罢工并取得了胜利。

2月罢工复工后，随后又发生了日本资本家枪杀纱厂工人顾正红惨案。此案发生时，正是5月。

中共上海地委决定公祭顾正红。22日纱厂工会在闸北谭子湾三德里举行公祭大会，万人齐集，悲愤撼天，挽联是：先生虽死精神不死，凶手犹在公理何在。

军阀孙传芳派出军队镇压，荷枪实弹，工人们不为所动。

28日，中共中央和上海党组织召开联席会议，陈独秀主持，李立三作为中央领导工人运动的代表，恽代英作为中央领导学生运动的代表出席会议，另有蔡和森、郭景仁、梅电龙、黄正厂等。会议决定，把工人的经济斗争转变为反对帝国主义的斗争，实现工人学生大联合，30日下午在公共租界举行反帝游行示威。

会后，恽代英赶赴国民党上海执行部，召集上海执行部宣传委员开会，决定明日一早每一个委员带一名工人代表，赴各大学作报告，控诉日本帝国主义虐待、迫害、屠杀中国人民的罪行。第二天从大学报告归来，宣传委员会向执行部报告，各校定于五月三十日停课一天，学生到租界区进行演讲示威。

陈独秀等原本希望国民党上海执行部作为5月30日反帝示威运动的总指挥部，没成想，恽代英在执行部提出此案后，却遭到部分人的反对。以租界示威触犯租界法律为由，不同意用执行部的名义作为指挥机关。恽代英义愤填膺，说："租界的所谓法律是不平等条约的产物，我们要革命，就要敢于犯法！"

部分人仍不同意，恽代英当机立断将上海学联作为总指挥部，并亲任总指挥，侯绍裘任副总指挥，指挥部设在望志路永吉里国民党江苏省党部的机关内。

游行示威原定30日下午举行，李立三29日去南洋大学、同文书院、复旦大学做动员，一时激动，把原定的下午说成上午，所以，30日早上这几所学校就最先出发了。中午过后，南京路上学生越聚越多，学生们打着“学生讲演队”的旗子，喊着反帝口号在各繁华街道讲演，张贴传单、漫画。黄浦江畔，热浪涌动，万人空巷。租界当局慌了神，派出马队来冲，不抵事；又用自来水龙头冲，也抵挡不住滚滚人流。巡捕房便派出巡捕，荷枪实弹，一队印度巡捕挥舞藤条，疯魔似的鞭打群众，并抓捕工人、学生一百多人。

学生们愤怒了，上海大学学生何秉彝带着队伍聚集在老闸捕房前要求释放被捕者，“西捕和印捕借口维持秩序，举棍向站在前面的学生乱打，头破血流者无数”。下午近四时，“西捕命令开枪，华捕向空放一排，印捕平放一排，结果死学生五人、市民十一人、重伤十余人，在狱尚有四十余人”。南京路上顿时一片腥风血雨，学生和工人、市民的鲜血染红了路面。这便是震惊中外的五卅惨案。

惨案如晴天霹雳，撕心裂肺，上海人民义愤填膺，黄浦江鼎沸。

当天晚上，陈独秀、蔡和森、李立三、恽代英、王一飞、罗亦农、张国焘等再次举行紧急会议，决定由上海总工会、全国学总、上海学联和各马路商界联合会共同组织上海工商学联合会，发动全市人民罢工、罢课、罢市！

孰料，上海总商会反应冷淡。30日晚间，数千名学生工人包围总商会，要求会长虞洽卿、副会长傅筱庵出面宣布罢市。总商会说虞、傅不在商会，不能决定。群众又包围了海宁路虞洽卿住所，因虞、傅两人不在上海而仍无结果。直到第二天下午，总商会副会长方椒伯才签署罢市命令：

“鉴于我国同胞惨遭枪杀，本会决定实施总罢市。上海总商会，民国十四年五月三十一日”。

6月4日，上海工商学联合会成立，李立三作为代表，向帝国主义提出十七项交涉条件，要求惩凶、赔偿、道歉……

英、美、日、法、意等帝国主义如临大敌，将二十六艘军舰开到上海，一批陆战队登岸，在租界用沙袋筑起街垒，对工人学生进行镇压……

学总在南市老西门租了间房子作为办公地点。每天晚上8点到9点，恽代英都赶到学总听取汇报，商讨对策，有时一直搞到天亮。肚子饿得咕咕叫，恽代英就和学生们一起上街，买盘烤白薯，一个铜板的油氽花生米或油氽黄豆，喝一碗豆浆。偶尔吃得阔气点就是粢饭团夹根油条。

商会罢市令下达后，各马路、各公司、各商店，乃至交易所、银行、钱庄、报关、转运、保险、粮食、杂货、糖业、肉食、渔业、菜场、煤炭等等，莫不店门紧闭，一律停止营业。声势之大，前所未有。“武装西捕，至南京路等处强迫开市”，“拍桌谩骂”，也无济于事。

租界内，为外国人服务的中国人都响应罢工，面包厂停业，清洁工歇班，码头工人不装卸，自来水工人不送水，厨师、侍者、奶妈、洗衣工、电报工都不干活，大上海几近瘫痪。日本驻沪总领事矢田在6月19日致电日本外相：“不仅英、日两国，即其他各国亦感受非常之痛苦。”

恽代英适时提出口号“上海是中国人的上海，中国人不能受外国人压制”，说出了“上海各界民众心里的话”。平常受尽洋人欺压的上海人民憋足了劲，要同帝国主义干一回。

五卅运动迅速推向全国，反帝斗争席卷大小城镇六百多座，有一千七百万中华儿女直接投入斗争，声势浩大，前所未有。

6月30日，上海举行公祭死难烈士大会，全埠一律下半旗致哀，数十万人臂缠黑纱，手持小旗，拥向西门公共体育场……

这天，在北京天安门前也召开了“全世界被压迫民族国民大会”，会场中央搭起五个高台，宋庆龄、刘清扬、于右任等分别担任各台主席，国民军大刀队分立会场四周保护。二十几万群众高呼“打倒帝国主义”口号，并向死难烈士家属表示慰问。

这期间，恽代英辗转苏南各地，发动群众。第一站是丹阳，在丹阳公园演讲完毕，又马不停蹄赶赴镇江，在镇江省立第九师范学校演讲，一口气就是三个小时。离开镇江后，又到了扬州、南京等地。

五卅运动使共青团组织得到迅速发展。据1925年9月统计，全国共青团员已由“三大”时候的两千四百多人发展到九千多人，增加了2.7倍。

但是，在帝国主义罪恶的枪声里，许多年轻学生倒在了血泊中，他们曾是中国的未来，未来的希望。一个个青春的笑脸，一个个年轻的身影，在恽代英面前闪过，他的心在滴血，他常常扪心自问，这笔血债该如何去向敌人讨还?

阳翰笙回忆：

那时，他在会议上，在宿舍里，在饭摊上，反复对我们说：青年学生赤手空拳，手无寸铁，打天下是不成的。这就是人们常说的“秀才造反，三年无成”。我们要使自己有战斗力，在政治上和思想上要向工人和农民学习，要到工人大众中去，和工农打成一片，成为他们的兄弟姐妹，和他们一起干革命。另外在组织上，要把自己武装起来，组成学生军，成为政府的后盾，要求政府发枪，进行军事训练。要不，空口说白话，都是白搭。

或许，这就是后来他担任黄埔军校政治总教官后，鞠躬尽瘁教育军校学生的动力所在。

10

恽代英终于又一次站在了黄浦江边。

可这一次他不再是上海大学的教授，不再是国民党上海执行部的宣传委员，而是蒋介石下令捉拿的共党要犯。

历史就是这样的无情!

站在黄浦江堤岸，任凭江风拂面，他仿佛看见先贤孙中山，掐腰站在讲台上，挥着手在演讲：“上海的黄浦滩和北四川路那两个公园，我们中国人至今都是不能进去。从前在那些公园的门口，曾经挂过一块牌说‘狗同中国人不许入’。”孙中山说这话时是1924年。或许我们可以从中理解，孙先生在“三民主义”中何以要把“民族”放在第一位。

时间仅隔一年，孙中山先生逝世，恽代英站上了追悼大会的讲台。这天是1925年4月21日，在南京的秀山公园，面对着台下数万民众，恽代英声若洪钟，慷慨激昂：孙先生逝世了，他所负的责任，所担的斤两，完全分派在我们的身上；我们应当继续努力，完成他未尽的工作，我们不要动摇！不要有一点的动摇！我们希望不平等条约，早点废除；国民会议，早点实现……天下雨了，越下越大。恽代英光着头，雨水沿着他的下巴旋转，像一条细流向下倾泻。他任凭大雨倾盆，依旧从容不迫地讲下去。台下听众打着伞听得入神，突听有人大呼：“去伞!”听众全部收伞，和恽代英一起受大雨浇淋……

可是，如今，自称是孙中山忠实信徒的蒋某人却在孙先生的招牌下干着背叛的勾当，迫使共产党人不得不隐入地下……

在上海，恽代英在中央组织部，担任训练科长、秘书长，成为周恩来的得力助手。那时，中央组织部的机关秘密设在上海成都北路，是一单栋房子，为安全起见，周恩来都是在每天清晨或深夜赶来，阅读各地送来的报告，听取汇报，解决问题。

据黄玠然回忆：

为应付环境，我们和同住在一起的同志，采取房东、房客的关系。我和爱人杨庆兰作为房东，其他人作为房客，代英同志也作为我的房客之一。当时我化名杨天生（我原名是黄文容），恽代英化名王作林。杨庆兰当时担任中央组织部机关的交通，她曾是恽代英领导的武汉军事政治学校的学生和参加“八一”暴动的女兵，他们师生重逢，倍感亲切。从此，我们不仅在恽代英同志直接领导下工作，而且是一起生活与战斗。

组织部机关工作十分繁重，大革命失败后各地被打散或失去组织关系的同志大多到上海来找中央；从国外归来的干部，通常也先到上海向党中央报到；更多的是要解决全国各地组织前来请示、汇报工作的问题。周恩来当时身兼数职，除组织部长外，还负责中央军委、中央特委，并担负与共产国际代表的联络，因而，组织部的日常工作主要交由恽代英负责主持和处理，只有解决不了的重大问题才请示周恩来。

各省省委负责人来上海报告工作，主要由恽代英接谈，并直接研究和解决。对恽代英做出的决定，周恩来总是表示同意或照办。

黄玠然回忆：

那时还有不少省级负责人，往往在我们与其接谈后，提出要求同周恩来同志面谈。遇到这种情况，还须由代英同志同他们作初步谈话，向周恩来同志汇报决定，或请示中央。当时中央组织部人手少(一共不到十人)，任务重，我们工作中，已经感到极为劳累，而代英同志的工作比我们不知繁重多少倍，擘画若定，忙不知倦。他和周恩来同志一样，日以继夜地工作着，使我们异常感动和惶愧。

1929年初，大批干部从莫斯科回国，党中央根据周恩来的建议，在上海举办干部训练班。恽代英担任主任，主持日常事务工作。训练班每期半个月至一个月，每期十几人或二十余人，训练内容包括军事、组织、宣传、工运、农运等课目。恽代英和周恩来、李立三等经常到训练班讲课。训练班源源不断向全国各地输送了大批得力的干部。

此时，沈葆英则担任党中央机关的机要员，抄写药水信件，登记来往电报，管理或递送重要文件，并负责保卫工作。

邓颖超是机关的党支部书记，她常常来检察机关的保卫工作，每次来，都领着沈葆英楼上楼下仔细看。看窗口的暗号放得是否合适，会不会被暗探察觉，机关人员的生活和服装有没有会引起敌人注意的地方。邓颖超叮嘱沈葆英说：地下工作，安全第一，恩来、立三、代英或其他同志在楼上开会或谈话时，一定要下楼在门内站岗放哨，以防不测。包打听和特务鬼着呢！沈葆英点头称是。

邓颖超很喜欢沈葆英，闲下来就拉着沈葆英谈心。一次，邓颖超拉着沈葆英的手说："葆英妹，恩来和代英从黄埔军校到南昌起义，两次共事，了解很深。现在是第三次共事，合作得很好。他们辛辛苦苦地为党工作，我们要保护他们的健康，保障他们的安全，这是党交给我们的任务。"沈葆英连连点头："这方面我经验不足，大姐你多教我。"

邓颖超又说："每次代英回来的早晚，他出去检查到些什么地方，经过哪里，在哪里吃饭，回来时后面会不会跟上'尾巴'，你都要格外注意。一个女同志，作为他们的家属，把他们保护好，就是对党的贡献呢！"

后来，恽代英调任中央宣传部任秘书长，负责撰写《每日宣传要点》。

张纪恩回忆：

《每日宣传要点》，每日约500字到1000字，相当于四号宋体字，单页16开大小。代英同志每日清晨六七时开始，根据当日上海中外各报，找出统治阶级所暴露出来的黑暗、冲突、矛盾和压迫、剥削被剥削阶级的种种罪恶，以唯物辩证的观点、方法，分析各种现象，从而指出斗争的方向，宣传我党的方针、政策等等。

代英同志不论风风雨雨，天天夹着当天公开出版的报纸，从他家里开始阅读，经路上和车上边阅读边思考问题。一踏进工作地点（上海青海路善庆坊十九弄二十一号二楼前）坐下椅子，就立即动手写稿，机要秘书和代英同志紧紧并坐，代英同志写一字，机要秘书就跟着写一字，一篇千把字的稿子，一气呵成，往往不改动一字。一篇《每日宣传要点》，从动笔，到印好，不到半小时就完成，同时也准备好发行工作……

恩来同志曾说，如此迅速地写好一篇稿，印好以至发行到群众的手中，只需个把钟头，整个世界历史上是破天荒的。

……

也就在到上海不久，恽代英和沈葆英的儿子出生了。恽代英的父亲给孙子起名“希仲”，希望这孩子长大后做管仲那样的人。沈葆英身体很弱，奶水不足，生活本来就很困难，哪来的钱买奶粉呢？看到骨瘦如柴的孩子，恽代英白天做好党的工作，晚上就开夜车译书，得来一点稿费给孩子买奶粉，补贴家用。

周恩来夫妇对孩子很是喜爱，邓大姐喊孩子“小乐天”，周恩来则喊孩子“小代”，休息时他就抱着希仲亲热地说：“小代呀，快点长吧，长大了接我们的班啊！”

在“星”字监房内，恽代英看着儿子的照片，内心感到一阵温暖。他知道，周恩来正在全力组织力量营救他出狱，他相信这一天很快会到来。

恽代英眼前升起一片璀璨的亮光！

第五章
出卖

1

1931年4月28日，谷雨之后的暮春，天气闷热潮湿。牢房中光线更显阴暗、空气浑浊、压抑。

中午，一阵钥匙和锁头的碰撞，铁门推开，一个穿黑制服，被难友唤作“黑狗子”的看守走进来，嘴里骂骂咧咧，他的身后跟随着伙房厨子恽代英，不过，此时他的名字叫王作林。王作林一手提溜着一只盛了菜叶酱油汤的铁皮桶、一手拎着装了黄糙米饭的竹筐，筐内发黄的糙米饭发出扑鼻的霉味儿，切碎的咸大头菜坨在饭粒上头。

十多个牢友手拿碗筷围拢过去，王作林弯下腰默默地为大家盛饭。

这时，一个刑期不短的普通犯张某正心境不佳，手指饭筐粗声说：“给盛满。”王作林好意地提醒他：“老哥，先盛半碗，还赶得上再添上一碗。”

“嗯！妈的，这霉米煮的牢饭比猪食还难吃，今天能吃下这一碗就不错了！”

这个犯人是个在围剿红军时因吃败仗而被惩治的国军团长，满肚子的怨气。

“你老兄可够冤的，虎落平阳啊。”王作林表示同情。

“嗯，你老王不错。”张某被戳中心事，心感宽慰，便拍拍王作林肩膀。

开饭之后，王作林回到了“星”字牢房，躺在通铺芦席上午休。

气窗上射落的亮光已经暗淡了许多，约莫过了一个多时辰，牢门上的瞭望孔洞悄然推开，有一双眼睛在贼溜溜地朝里张望，紧接着牢门咣当地打开，跑进来几位狱警，守住四周的墙角，狱友们先以为是要搜查监所，但又见一群荷枪实弹的宪兵守在门外，这架势很让人意外，躺在通铺芦席上假寐的王作林警觉地坐了起来。

肥头大耳的典狱长在众多看守的簇拥下走了进来，扯起叫驴嗓子吆喝道：“2130号王作林，上峰有请！”牢友们一阵骚动。

“就是你，其他人不许动。”典狱长指挥狱警围住王作林，把他从床铺上扯起来。

这时，门外甬道上进来一个矮胖子，圆滚的脸，浓密的眉毛，嘴唇上方留着粗短的胡须，肩佩中将军衔，一群随从前呼后拥。

“哎，住手！不得粗野。”他故作厉声，斥退那几个警察和宪兵。

来人手里拿着一张照片，向恽代英对照过来。

恽代英看清了，那是一张自己在黄埔军校时的照片，心头不觉咯噔一下，脑海中闪过一个念头：糟糕，我的身份暴露了！

“不要看了，我就是你们要找的人！”恽代英站在了来人面前。

“噢，王作林，不，不，恽教官，恽委员，几年不见了！”来人向恽代英伸出手来。

恽代英没有伸手，他仔细打量面前来人，似乎有些面熟，镇定地反问：“你是什么人？”

典狱长在一旁叫道：“这是我们国军军政部陆军署军法司的王司长。”

王司长谦卑地点点头，说：“卑职王震南，几年前，在黄埔军校听过您的授课和演讲，可是大受教益呀！”

恽代英想起来了，来人是蒋介石的表弟，曾任黄埔军校政治部军法处军法官，没想到几年不见升到了中将司长。

事出意外，自己真的是暴露了！恽代英的脑子飞快地运转，在猜想自己是怎么暴露的？又是谁出卖的自己？他担忧中央机关的安全会不会受到连带的影响？……一连串问号在他心头打转。

“我就是恽代英，请问王司长有何指教？”恽代英不卑不亢。

“哎呀，哪来什么指教？”王震南假惺惺地叫道，“老天啊！真的不知道恽委员在我管辖的监狱里受苦，卑职的罪过呀。蒋主席也是到今天方才晓得恽委员的下落，得知恽先生被关在我们国军的监狱里头，特意让我来请教先生一些问题。”

“别说得那么好听，该说的我以前都说过了，现在和你们没什么好说的！”恽代英面色严峻。

“不不不，先生先前化名王作林，可是骗过了我们许多人的眼睛啊，恽教官，恽委员，有请！”王震南故作姿态地伸出了手。

恽代英望望王震南，知道此去凶多吉少，便向同室的难友拱拱手：“弟兄们，多谢各位先前的照顾，我先走了！”然后随着王震南神情泰若地走出“星”字牢房。

王作林就是共产党的青年领袖恽代英的消息迅即在监狱传开，原先许多不知内情的狱友一下子豁然开朗：怪不得他那么有胸怀、有才华，有组织能力，原来他就是黄埔军校的政治总教官呀！许多先前就认出恽代英而为之保密的狱友则在心中怒骂：“哪个狗东西告密的？要知道，非宰了他不可！”

恽代英挺直腰杆慢慢走向监狱的办公区，此刻，他也在思索同一个问题：是什么人告的密？是狱中那些早就认出他的难友？肯定不是，若是他们，自己还能在监狱待到现在？不是他们，那又是谁呢？

恽代英想到，自己的被捕事出偶然，知道自己被捕的没有几个人，而知道自己化名王作林的更没有几个人，只有上海中央机关高层的几个人知道。难道是中央高层出了问题？想到这里，恽代英内心不由打了一个寒颤！

2

恽代英猜得没错，出卖他的人果然在中共中央高层，他叫顾顺章。

顾顺章何其人也？

此人出身扬州宝应农户，化名黎明，中共中央特科科长！。

早年，顾顺章在上海南洋兄弟烟草公司的制烟厂当工头，从小好勇斗狠，曾参加青帮并当选小头目，在上海滩的帮会、流氓斗殴中表现非凡。1924年他进入上海市总工会并加入中国共产党，因为他敢打敢杀敢出头，一度被苏联顾问鲍罗廷看中，调到身边担任卫士。后来，他被选中与陈赓一起赴苏联学习政治保卫，受训期间，凭借其聪明机警，学到一身看家本领，如化装、表演魔术、操作和修理机械、心理学等都很精到。他还会民间缩骨术，浑身绳索捆绑而能逃生，并擅长双手开枪、爆破。传说他在室内开枪而室外听不到声音、徒手杀人而不留痕迹等等，说辞虽有些夸张，但也说明他的确有些真功夫。

瞿秋白遗孀杨之华曾经回忆：

“他（顾顺章）人矮，精干，多计谋，滑头，勇敢，变戏法的技术很高；不多说话，也不曾对同志说过自己的履历和社会关系；平日不看文件，开会不常说话；生活浪漫、腐化，吸鸦片、玩妓女，打老婆。”

中统特务万亚刚则回忆说：

“他执行任务时心狠手辣，杀人不眨眼，但平时与人相处，却态度和蔼诚恳，使人乐意与之亲近。是全能的特务，够得上大师级别，在他之后，特务行当里无人能够望其项背。”

就是这样一个腐化分子，大师级的特务，在那个特殊时期，竟一度成为中共中央的政治局委员。

1927年3月20日，北伐军攻克松江，前锋在傍晚推进到上海南郊的龙华，为配合北伐军夺取上海，共产党决定在上海举行第三次武装起义，周恩来担任总指挥。那时顾顺章已经从莫斯科受训完毕回国，成为特别军委的一员，因而，周恩来要他出任工人武装纠察队总指挥；正是这次起义，使他在共产党内初露头角。

同年，蒋介石和汪精卫相继发动四一二反革命政变和七一五反革命政变，血洗共产党，中共被迫转入地下活动。南昌起义后的第七天，党中央在汉口旧俄租界三教街四十一号召开紧急会议，是为“八七”会议。开会地点是当时武汉国民政府农民部俄国人顾问阿基莫娃的住所。参加会议的正式代表共二十一人，邓小平作为中央秘书参加了会议，另有共产国际代表罗米那兹和两位俄国人。周恩来、李立三、张国焘、恽代英因在南昌起义军南下途中没能参加，而顾顺章却参加了。就是在这次会议上，他被选为临时中央政治局委员，进入中共领导核心。而领导南昌起义的周恩来、李立三、张国焘三人却被降为政治局候补委员。或许是非常之期用非常之人吧！不过在党的六大上，顾顺章就被从政治局中剔除，仅为中央委员。

也是，一个肩负改造中国历史使命的革命政党怎么能特务当权呢？

毛泽东也是出席了这次会议的，由蔡和森、李维汉提议，被选为政治局候补委员，在顾顺章之下。毛泽东后来在中共七大上曾幽默地说："我是'一三五不论，二四六分明'，逢双的大会我都没有参加。"从中共一大到六大，毛泽东参加了三次代表大会：一大、三大和五大。在三大和五大上，毛泽东先后当选为中央委员和候补中央委员。二大和四大，毛泽东未参加，所以连中央委员都不是。

正是在这次八七会议上，毛泽东提出了那个开天辟地的著名论断"枪杆子里面出政权"。毛泽东操着湖南口音说：从前我们骂中山专做军事运动，我们则恰恰相反，不做军事运动专做民众运动。蒋（介石）、唐（生智）都是拿枪杆子起的，我们独不管。现在虽已注意，但仍无坚决的概念。比如秋收暴动非军事不可，此次会议应重视此问题，新政治局的常委要更加坚强起来注意此问题。湖南这次失败，可说完全由于书生主观的错误，以后要非常注意军事。须知政权是由枪杆子中取得的。

而恽代英此前对他的学生们也多次说过意思相同的话，只是毛泽东表达得比他更为明确。

顾顺章在中共六大当选为中央委员后，仍在上海负责中共特科工作。中央特科下设总务、情报、保卫、通讯四个科。一科负责设立机关、布置会场和营救安抚等，科长是洪杨生；二科负责搜集情报，科长是陈赓；三科也被叫做"红队"，俗称"打狗队"，负责镇压叛徒特务，科长就是顾顺章；四科负责无线电通讯，科长是李强。

顾顺章带领"红队"，杀死过许多国民党特务和共产党的叛徒，曾是有功之臣。

顾顺章枪杀叛徒白鑫时，恽代英正在上海中央机关内。

3

白鑫，是黄埔四期学生，在军校中加入中国共产党，北伐途中，被提升为叶挺部队政治教导队指导员。后来，参加了南昌起义，之后随起义军经赣南、闽西，撤退到广东海陆丰地区，同彭湃领导的农民起义军汇合。再后来，被安排到上海。

那时的上海，笼罩在一片白色恐怖之下。“宁可错杀三千，不可放过一个。”共产党人横尸遍野，血流成河。面对血腥的屠杀，有人被吓破胆，动摇了，白鑫就是其中的一个。

白鑫通过他在南京被服厂当厂长的哥哥联系上了国民党上海党部情报处长范争波。在上海霞飞路和蒲石路之间的和合坊，白鑫与范争波见了面，表示自己皆因一念之差而误入歧途。范争波安抚白鑫，要其戴罪立功，并许以重金，希望能将彭湃捉住。

彭湃此时是中共中央政治局委员、中央农委书记兼江苏省军委书记。在范争波眼中是条大鱼，若真能捉住彭湃，定得蒋介石赏识。

彭湃比恽代英小一岁，广东海丰人，出身当地有名的大地主家庭。他自述家况是：“被统辖的农民男女老幼不下千五百人。我的家庭男女老幼不上三十口，平均一人就有五十个农民做奴隶。”然而，彭湃信仰了共产党，背叛了自己的家庭，领导农民同地主阶级做斗争，成了农民运动的领袖，由此可见信仰的力量。为此，家里人痛呼“祖上无德”，骂他为“逆子”。据彭湃自述：“除了三兄五弟不加可否外，其余男女老幼都是恨我入骨，我的大哥差不多要杀我而甘心。”为怕他“败家”，家中兄弟分产自立。彭湃就此把自己分得的田契亲自送给佃户。佃户不敢要，他就把佃户们召到自己家里，当众将田契全部烧毁，并宣布：“日后自耕自食，不必再交租谷。”

恽代英在困居香港时，曾想过要去投奔彭湃。

沈葆英回忆：

有一天代英告诉我，准备到海陆丰彭湃那儿去。他说：彭湃同志出身地主家庭，为了革命，彻底地背叛了自己的阶级，号召农民起来斗争，并先把自己家里的地分给了农民，因此敌人十分恨他，说他是地主阶级的“不肖之子”，下令到处缉拿他。现在那儿很艰苦，正需要人，我们到他那儿去，参加农民的斗争。

后来，传来彭湃失败的消息，恽代英没能成行。

白鑫精心制定了抓捕彭湃的计划，范争波考虑后认为可行。于是，一场阴谋开始实施。

那是1929年8月24日，下午4时许，彭湃一身商人打扮，走进了沪西区新闸路613弄经远里12号的一幢小楼，这里是白鑫的家。彭湃来这里的目的是要与中央军委负责人周恩来等一起开会，准备把江苏军委的工作移交给江苏省委军委秘书颜昌颐。先彭湃一步到开会地点的是时任中共中央政治局候补委员、中央军事部长兼江苏省委军事部长的杨殷。紧接，中央军委士兵运动负责人邢士桢，上海市总工会纠察队副总指挥张际春及颜昌颐也先后来到小楼。杨殷叫白鑫摆上一桌麻将作掩护，五个人在桌边坐好，边打牌边开会，白鑫担任会议记录。

早些时候，白鑫已经把有关此次会议的所有情报都通知了范争波。不过，令这个叛徒没想到的是，周恩来因病未能到会。

会议开了没多久，载着租界工部局巡捕和上海市公安局密探的五辆红皮钢甲囚车，就呼啸着闯进了经远里。在里弄里放哨的林火急忙跑上楼来报知，但为时已晚。所有通道都被封锁，一群法国巡捕和上海市警察署的中国密探冲进楼来，将参加会议的五位中共负责人全部抓捕。范争波没忘记假戏真演，也将白鑫夫妇一并带走。不过，当晚趁着夜色即将白氏夫妇释放了。

彭湃被捕后，连遭毒刑，腿部骨折，几次昏厥，仍坚贞不屈。但令他十分疑惑的是，这次会议怎么会走漏消息，因为只有白鑫知道会议的整个安排，而其他几位与会者都是临时通知的。

得知彭湃等人被捕，周恩来连夜召集中共中央特别行动科开会，一面研究营救措施。一面派陈赓秘密去见国民党特务机关的驻上海特派员杨登瀛，搞清事发原因。

杨登瀛是中共安插在上海国民党特务机关的内线，由陈赓单线联系。杨登瀛告诉陈赓，彭湃等人被捕，是白鑫和范争波所为，白鑫早已叛变投敌。他还告诉陈赓，因彭湃等人坚贞不屈，蒋介石已下达了杀害彭湃等人的命令。

得知消息，周恩来决定冒险拦截囚车。8月28日黎明时分，在通往上海龙华警备司令部的路上，化装成各色人等的中共特科队员隐蔽在行人中间，准备拦截囚车。遗憾的是，当囚车开过来时，队员们手中的勃郎宁手枪，一支都不能使用！原来，这些手枪是“三民照相馆”老板范梦菊送来的。由于送来的时间太迟，枪上的油脂未来得及擦干净，以致不能击发。眼见囚车呼啸而过，周恩来不得不改变计划，下令撤离。

除去张际春，彭湃、杨殷、颜昌颐、邢士桢四人全部遇害。白鑫知道事情败露，怕周恩来派人报复，便躲进了范争波的公馆。半月后，上海国民党机关报《民国日报》故意放出烟幕说：“白鑫曾在黄埔学校毕业，前以受人之愚，误入共党，罪状较轻，已由蒋主席负责保出，业于前日带往南京，听其戴罪立功，以观后效。”但中共特科知道，白鑫此时并未到南京。周恩来决定，一定要在这个叛徒去往南京之前将其正法。

陈赓通过杨登瀛了解了白鑫的行踪，知道他躲藏在霞飞路侧和合坊范争波公馆内，又通过以医生职业作掩护的柯麟与白鑫的熟人关系，摸察白鑫的出没情况。得知白鑫就要离开上海，周恩来当机立断，决定就在范争波的公馆门前处死白鑫。

原来，白鑫整天蛰居在范争波家，虽左有护兵，右有保镖，仍坐卧不安，心疾交加。思虑再三，恳求范争波说：“范兄，请转告蒋主席，外头风声紧张，我在国内是无立足之地了。务望蒋主席保全我这条性命，让我出国去吧。”

蒋介石批准了白鑫的要求，同意他前往意大利避风。出国时间定在11月11日晚间。

周恩来得知这个消息后，带着顾顺章、陈赓前往和合坊弄堂秘密观察现场，制定了惩处白鑫的行动计划。

周恩来本来要多安排些人去，顾顺章说，人多反而碍事，我带两个队员即可。周恩来不放心，顾顺章说，完不成任务我拿脑壳来见。

这天下午，顾顺章带着两名队员扮作小贩、修补匠等候在和合坊弄堂，事先约好在白鑫上汽车前一齐动手。

至晚9点，弄堂里依旧没有动静。顾顺章有些不耐烦，心想，情报准不准？妈的，别给他耍了！一边在商店橱窗前游荡，一边眼睛却死死盯着43号门。

挨到10点钟，果见范争波的汽车开进弄堂，停放在和合坊后门口，顾顺章方才松了一口气。

11点，白鑫出现了。他穿着一条藏青色西装裤子，上面罩了件灰哔叽呢绒袍子，脚上的黑皮鞋擦得油光锃亮，由范争波弟兄及送行的人陪同，后随保镖等共七人，从43号后门出来，走向停放汽车的地方。白鑫起先有些紧张，一言不发。走到汽车门口，肩膀才放松下来，脸上绽开笑容。仿佛跨进车门，就是另一个国度。他弯下腰，准备钻进去……

就在白鑫举步要上车之际，公馆前面拐角处突然轰轰然飞也似的驶来一辆同样黑颜色的轿车，“嘎”的一声停下来在公馆门前，只见车门一开，里边跳下三个人，同时扬起右手，“啪啪啪”三声清脆的枪响打破了周围的宁静。范争波还没明白过来怎么回事，眼前的白鑫就已经倒在地上……

事后，鉴定法医在白鑫头部发现了四个弹孔，法医判断，白鑫同时中了三枪，三颗子弹从不同的部位打进，从同一个部位穿出。顾顺章从此声名远播。

然而，随着地位的上升，顾顺章日渐骄纵，帮会气息浓厚，仗着身份特殊，生活腐化，吃喝嫖赌，五毒俱全。别人是逢场作戏，他是假戏真做。周恩来苦口婆心规劝，他表面应承，背后切齿，矛盾日深。周恩来准备将其调离特科领导岗位，让知识分子出身的赵容（康生）取代他。顾顺章对此有所耳闻，表面不说，内心极为不满。陈赓曾忧虑地对人说：“只要我们不死，准能见到顾顺章叛变的那一天。”

不幸，陈赓的预言一语成谶。

4

事情发生在三天之前，1931年4月25日。

地点：汉口。

春暖花开时节，汉口新市场一带商铺林立，游人如织。在熙熙攘攘的人群中，夹杂着几个国民党的特务，这几个人是国民党中央组织部调查科（又称：中统）徐恩曾的手下。这天，他们是奉驻武汉的中统特务头子行营侦缉处副处长蔡孟坚的指派，例行巡街，领头的是一个共产党叛徒，名叫尤崇新，在街上寻找“共匪”嫌疑分子。

没成想，这次他们和顾顺章相遇了。

一阵西洋鼓乐从布幔围起的一处戏园子里头传播出来，围栏上张贴着一张“国际魔术大师化广奇倾情献演：大变活人、人蛇共舞……”的演出海报，戏园子入口处，售票员在大声兜售。

尤崇新下意识地打量海报，倏然间眼前一亮，觉得海报上的化妆魔术师面相有点熟。

“进去瞧瞧。”他脑子一激灵，手一招，带头往场子里走。

门口检票工把他拦住：“先生，你的票呢?”

矮小的尤崇新踮一踮脚尖，跷跷大拇指，指着自己的鼻子尖：“要票？老子就是票。”

“管你是谁，没票不能进！”检票工也不是善茬。

“少废话，你他奶奶的不识相。”随行的一大个特务上去就是一巴掌，把检票工推了一个趔趄，六七个人一拥而进。

检票工被打得一愣，眼睁睁地看着这伙人闯进表演场地。

台上一名穿着妖气的女模特正在拿腔作势摆造型，舞台中央，身穿燕尾服、手持一根魔术棍的魔术师“化广奇”正在表演拿手的戏法大变活人，忽然听到门口的喧哗，职业的敏感使得他顿时警觉起来，他眼光逡巡，一瞬时与原在特科的部下尤崇新的眼光相撞，台上、台下，两人四目相对，便都知道对方是熟人了。

“化广奇”知道尤崇新已经投敌，可没想到他也来了武汉，便悄悄地一侧身闪到大幕的后边。

就在那一刹那，尤崇新也认出了这名叫“化广奇”的魔术师就是顾顺章，心头一时狂喜，大喊一声：“他是共产党！”赶紧拔出枪跳上舞台去。

几个特务紧跟着他，喊着：“抓共产党！”也追进后台，还一边吹响了警笛。

戏园里顿时炸开了窝，台下一片大乱，人们抱头逃命，一哄四散。

顾顺章身材虽稍矮，身手却敏捷，“嗖”地一下跳出了游艺场，跑过了摊贩市场，瞬间跑到了特三区的小高尔夫球场附近。

尤崇新紧追不舍。

两人一前一后地猛跑死追，把跟在后头的特务甩开一大截的距离。

顾顺章跑着跑着脚步却慢了下来，后来在一处无人的路口，干脆停下来，在等身后的那个追兵。

尤崇新气喘吁吁地跑了上来，一柄手枪指向顾顺章：“顾顺章，你跑什么跑？你跑得掉吗？”

顾顺章双手叉腰，说：“小子哎，我要真的想跑，就凭你还能追得上我吗？”

“废话少说，快跟我走。”尤崇新大喊，上前要捉顾顺章。

顾顺章一把挡开尤崇新伸过来的手臂，哼一声说：“姓尤的，你少跟我耍横，你也不掂量掂量，就你也算得上是我的对手？”

“我带的人多，反正这回你跑不了。”

“跑？我要真想跑，你能挡得了？不过今个我倒要问问你，你小子在那边混得怎样？”

“什么这边哪边的？”

“你投到的国民党的那一边呗。”

“每月百十块龙洋大头，比在你手下强多了。”

顾顺章心头一震，他一个小萝卜头，竟然值百十块大洋？

“你的官衔呢？”顾顺章又问。

“行动组组长，手下十几号人，后边都是。”

顾顺章略一沉吟：“这么着，我跟你到你那边去，我送你一个人情，今天算是你抓住我的，不过，你的赏金要分我一半。”顾顺章和尤崇新做起了交易。

“赏金分你一半，凭什么？我要是不分呢？”

“你要是不答应我的条件，我一枪把你干掉。你信吧？”顾顺章刷的从腰间掏出枪来，话语中带着杀气。

“这……”尤崇新知道顾顺章枪上的功夫，犹豫起来。

“你小子掂量掂量吧，是立功领赏呢？还是两手空空放跑了共产党？你寻摸寻摸，究竟哪一样结果对你有好处？”

“好吧！”尤崇新思索片刻，做出了选择，说，“顾科长，就这样吧，你跟我走，赏金就分你一半。”

见交易达成，顾顺章嘴角上扬微微一笑，说：“好，我跟你走！”

他把枪插回腰间，作顺从状。

尤崇新身后的特务很快聚拢过来。

5

那么，顾顺章为什么会在汉口？

原来，春节过后，他从上海护送张国焘、沈泽民和陈昌浩去鄂豫皖苏区，任务完毕，本应立即返回上海，他却留在汉口迟迟不归，一是借此拖延特科工作的交接，二是在汉口新勾搭上一个情人，一时舍不得离开。

历史上许多能成大事的人跟头都摔在"好色"二字上，顾顺章也不例外，在他之后还有向忠发。

职业军人出身的蔡孟坚外貌英武、戎装笔挺，足蹬皮靴，显得军人风度十足。

他开始审问顾顺章这个大共产党，讲话一字一顿："黎明，不，顾顺章，你被抓住就是被抓住，还说你是投诚？你在共产党那边身居中央委员和特科领导的要职，为什么来投诚？你自己信吗？"

"处座，你听我说，"顾顺章坦然自若不紧不慢地说，"我与周恩来意见不合，我想改造共产党，成立一个新的共产党来和蒋主席合作，否则，现在站在你面前的绝非是我。"

"你是故意暴露的吗，啊？"蔡孟坚一声冷笑，"你刚轧了个姘头缺钱花了吧？要不，你为什么会在汉口登台演出？"蔡孟坚是老牌特务，他对什么新的旧的共产党不感兴趣，他只想掌握现在共产党的内部情况，起获共产党在上海的中央机关。

"我留在汉口就是等待机会，要不我早就回了上海，还等你们来抓吗？"顾顺章喘口气，又说，"周恩来要把我替换掉，催我把特科和'红队'（武装便衣）交出去。你说我能交吗？假使我人离开特科，手里没有了枪和炸弹，没有了人手和经费，那我顾顺章还混什么？"

蔡孟坚听得将信将疑，他同无数个共产党人打过交道，大多都是硬骨头，任你怎么折磨都不肯吐露半点秘密，而这个共产党的同行怎么如此爽快，主动来投诚？

蔡孟坚不动声色地说：“你现在只不过一个阶下囚而已，你说早有要投向国民党之心，我看只不过是想逃避国军制裁惩处的托辞罢了。对你一个被捕的共党要犯来说，你要是识时务的话，就立刻把你肚子里值钱的东西，吐出来给我们看看。”

“值钱的东西有，但不是现在拿出来，我要面见蒋委员长！”

“好大的口气，委员长是你想见就见的么？”

“你跟我到我住的旅馆去，我有事先准备好的见面礼。”顾顺章叫起来。

蔡孟坚派人押解顾顺章去了他下榻的大智旅馆，顾顺章从他睡的床垫下掏出一封事先写给蒋介石的自首信，说：“我上海家里还有同样的一份自首信。现在，你该相信我是来投诚的了吧？”

蔡孟坚看着自首信不语，心想：共产党的高层竟有这等货色！

顾顺章又说：“我还有一整套消灭共产党的计划，请尽快安排我觐见蒋主席。”

蔡孟坚心中窃喜，看来，顾顺章是条有油水的大鱼，这次自己升迁的机会来了。这样想着，说话的口气不由也变得缓和起来：“既然是投诚，那就请顾科长赶快将你的计划说出来。”

“你当我是傻子？赶快安排我面见蒋主席，否则，你什么也别想得到！”顾顺章口气强硬起来。

顾顺章的傲慢，一下子把蔡孟坚惹火了，他把桌子一拍，目露凶光，声色俱厉地说：“你现在是在我的手上，不是在当你的‘红队’队长，少跟我推三脱四的，现在我就要你说。”

“你！……”顾顺章还有些不服气。

“刑具伺候！”蔡孟坚大吼一声。

顾顺章忘了，蔡孟坚和他一样也是流氓出身，为了某些个人私利同样可以不择手段。

6

当天下午，蔡孟坚将捉到顾顺章的情报，迅速密电在南京的上司徐恩曾。

徐恩曾大喜。中统、军统为争宠明争暗斗，这回捉住顾顺章，可以好好在军统面前显摆一番。

时任国民党中央组织部副部长的张道藩也在第一时间看到了密电，他接电后当即产生一种预感，电报回复蔡孟坚，称："共产党的组织活动无孔不入，敌人中不见得有我的人，但我方必有暗藏的敌人。以后凡是顾顺章的情报，先行报告给陈立夫先生一人，不可越级直接到蒋公那里去报告。"

在会同联署武汉行营主任何成濬电告请示南京之后，当天晚上，侦缉处一个班的特务与行营一个连的宪兵一起乘坐长江班轮，押解顾顺章前往南京。

蔡孟坚急于邀功，则在次日上午，搭乘飞机赶到南京，在押解顾顺章的班轮还没到南京之前，见到了陈立夫、张道藩和徐恩曾。

张道藩说蒋介石那里不保险，其实，他的国民党中央组织部也不保险。

在南京最早看到蔡孟坚电报的，就是潜伏在徐恩曾中组部调查科的共产党员钱壮飞，他的公开身份是徐恩曾的机要秘书。

钱壮飞翻译出电文时，不禁倒吸一口凉气，顾顺章叛变，这还了得！顾顺章身居共产党中枢的高位，而且分工负责党中央机关保卫工作的特科，联络中央机关各部门和几乎全部的高层领导，此人叛变投敌，党在上海的中央组织将面临灭顶之灾。在这千钧一发之际，他权衡利弊，决定舍弃经营三年的工作岗位，立即赶往上海报告周恩来，以便挽救中央。

他给同时潜伏在中统的李克农和胡底等人发出报警的暗号，然后从容不迫地再把武汉行营侦缉处蔡孟坚的这份来电送交徐恩曾，走出徐恩曾办公室，立即飞一样奔向下关火车站，搭最快的一班火车赶往上海。

夜色苍茫中，他见到了李克农，李克农的公开身份是中统上海设立的特务股股长。事关重大，两人连夜找到陈赓后面见了周恩来、陈云等中央常委。

周恩来、陈云接报，顾不得多想，接连发出一连串的应急布置，尽其可能，把共产党在上海的地下组织作了转移、疏散和隐藏，把所有的与顾顺章有过接触的人，立即搬迁他处，更改所有的联系方法和接头暗号，安排了紧急的警告。

押解顾顺章的轮船到达南京，徐恩曾、蔡孟坚亲自搭乘小汽艇将顾顺章秘密接上码头，军警戒备森严，车队径直开到位于三牌楼的中统秘密机关。

下车时顾顺章愣住了，发现他自己在从上海到汉口的路上，曾经来过这里，找过一个叫钱壮飞的地下共产党员接头。

当顾顺章说出钱壮飞的名字时，徐恩曾大惊失色，连忙派人寻找钱壮飞，得到的回答是：钱壮飞失踪。

徐恩曾的心顿时一紧，觉得大事不妙，慌忙率领大批特务，亲自带顾顺章一起赶往上海。然而在上海等待他们的却是失望，共产党的秘密机关人去楼空。

7

顾顺章在上海接连扑空，恼羞成怒又无可奈何。这时，他猛然想起了恽代英。对呀，恽代英就关在南京的中央监狱，这也是条大鱼呀。为了邀功，他供出了狱中的恽代英。

顾顺章曾是营救恽代英出狱的成员，现在营救者变成了出卖者。

“堡垒最容易从内部攻破。”这是无数血的教训凝结成的一句真理。

但有一个被人长期忽视的现象，共产党中央最初的两个叛徒都是工人出身。一个顾顺章，一个向忠发。这两人都是本着增加共产党领导中的工人阶级成分而被选拔到核心领导岗位上来的。按照马克思列宁主义的基本原理，共产党是工人阶级的政党，是无产阶级的先锋队组织，可是中国共产党初期的领导者几乎全是出身官宦、豪绅、地主阶级家庭，而这些知识分子或知识青年出身的领导者在面临生与死的抉择时却很少叛变。

李大钊，彭湃、恽代英、蔡和森、邓中夏、瞿秋白、夏明翰这些响当当的名字没有一个是工人，他们有一个共同的身份——知识分子。

面对敌人的酷刑，面对敌人的铡刀，他们大义凛然，英勇就义！

砍头不要紧，只要主义真，杀了夏明翰，自有后来人！

读来果是荡气回肠，撼人肺腑！

为人进出的门紧锁着，
为狗爬出的洞敞开着，
一个声音高叫着：
爬出来吧，给你自由！
我渴望自由，
但我深深地知道———
人的身躯怎能从狗洞子里爬出！

铮铮男儿，气贯长虹！
这就是信仰的力量！

唯有信仰才使人变得纯粹、崇高、进而伟大，才能视富贵若粪土，名利如浮云。才能忠于信仰而视死如归！

而叛徒的精神往往猥琐。

向忠发被捕后，一经过堂，就吓得两腿发抖、浑身筛糠，随即叛变，问什么说什么，没问的也主动交代，还再三保证：“千真万确，绝无瞎话。”所以，被周恩来不齿：节操还不如那个与他同居的妓女！

顾顺章更是龌龊，早就备好《自首书》以备不测。

叛徒的下场往往可悲！

向忠发叛变仅活三天，油水被榨干后被蒋介石就地枪决。

顾顺章因掌握共产党机关核心机密太多，全家成人被特科悉数抄斩，周恩来心慈，留其未成年女儿和一个未成年亲属，送去孤儿院。

毛泽东更以苏维埃临时中央政府人民委员会主席的身份签署通缉令，列举顾顺章叛变革命的种种罪行，号召革命人民缉捕叛徒顾顺章，为恽代英等被他出卖而牺牲的死难烈士报仇！

当然，这是后话。

恽代英从“星”字号牢房被押往审讯室。

他途经的甬道两侧的囚室内挤满了难友的面孔，许多人从瞭望孔默默望着他，表达心中的敬意。狱友们中间有许多为犯事或蒙冤的国民党军官，为区别政治犯，在狱中被称作普通犯，其中有不少人曾经是黄埔学生，耳闻目睹过恽代英的讲课或演讲时的不凡风采。在恽代英由苏州省高级法院递解到这所监狱服刑半年来，黄埔生中间的不少人或迟或早地已经认出这个被悬赏通缉长达四年之久的共产党的领袖人物、曾经的黄埔军校和中央军校的政治总教官和教务长，曾经任职国民党中央执行委员和中央宣传部秘书长高位的著名的共产党人，但他们敬仰恽代英的人格魅力，没有一人为了邀功请赏而举报他。谁能想到，他竟然被曾经的同志和战友叛卖了！而且此人曾身居政治局委员的高位！

恽代英向狱友们频频点头示意，向对自己有过帮助的同志们和同情者们表示感谢，他知道自己此一去将难以回来。死，他并不怕，他只是担心，担心中央高层出了问题，中国革命进入了生死存亡的关键时期，中央机关绝不能再有半点闪失！

叛卖者会是谁呢？

他挺直腰杆向前走着，走进了监狱的审讯室，他知道谜底即将揭晓……

8

王震南招呼手下拿把椅子给恽代英坐，并上茶递烟，甚是殷勤。

恽代英坐定，挥一挥手："你有什么话直接说，别兜圈子了。"

"好，痛快！不愧是黄埔总教官。"王震南试探着问道，"恽委员，您跟蒋校长有多年的同袍之泽，能否化敌为友呢？"

恽代英略一沉吟，反问他："你认为呢？"

王震南咳嗽两声，清清嗓子："卑职以为，现在国家正处于危难的关头，需要蒋校长对于全国全军的强有力的铁腕领导，有蒋校长作为领袖，党国的统一大业指日可待，如果你能和蒋校长同心同德，参与其中，乃国家的万幸，民众的万幸啊。"

恽代英冷冷一笑："蒋校长，蒋介石，他的领导？四年前的'四一二'你难道忘了吗？我可没忘，也不敢忘！多少人头落地，血流成河，都是他，这个曾经的蒋校长干的好事！他背叛工农，手上沾满了共产党人的鲜血，你说，我能跟这样的校长同流合污吗？"

"恽总教官言重了。"王震南继续他自己的话题说，"我们不谈两党的隔阂，我们就谈谈黄埔，自从袁世凯小站练兵起家，北洋军阀仅用保定军校三千学生，就取代清政府。而我们黄埔军校历届有逾万精英，如果大家一致团结在蒋校长的麾下，实行中山先生的三民主义，那就天下大局平定，百废俱兴，这有什么不好呢？"

听王震南谈起黄埔军校，一下子勾起恽代英的回忆，他对黄埔军校也曾倾注了大量心血，那所校园曾承载过他太多的梦想。

恽代英陷入沉思……

王震南见状，以为他的话起了作用，进一步试探道："恽委员，黄埔军校是你和蒋校长的第一次合作，合作得非常愉快，现在，蒋校长期待着和你的再次合作。"

恽代英一下子从历史回到现实，他望望王震南，面色严峻的说：“再次合作？让我出卖同志，帮助蒋介石去屠杀我们共产党人？”

王震南面露尴尬。

恽代英继续说：“就说黄埔军校，那是孙中山先生寻求到社会主义苏联和共产国际的援助建立起来的，可是蒋介石羽翼丰满后，却背叛孙中山先生联俄、联共、扶助农工的三大政策，把好端端的黄埔视为一己私物，培植自己的党羽势力，许多黄埔学生被这个所谓的校长蒙蔽，现在不去打倒卖国军阀，而去围剿共产党和工农红军，这都是蒋介石这个校长的功劳，你说，我能和这样的人去合作么？”

王震南摇摇头表示叹息，说：“哎，恽教官您不必固执，眼下已经到了您人生的十字路口，何去何从？您的态度决定一切。”

恽代英不为所动：“刚才，我已经表明了我的态度！”

王震南亮出了底牌：“贵党的顾顺章先生已经同我们合作，难道恽委员就不能屈就么？”

听到顾顺章三字，恽代英内心猛地一惊，原来是他！

说起来，恽代英和顾顺章同在周恩来领导之下，事实上，在上海，他同顾顺章接触的机会并不多，只是偶尔在某个会议上见面。一个是管组织宣传，一个是负责机关的安全，一个是宏观指导，一个是具体操作，两股道上跑的车。加上处在地下状态，各机关间不允许随便往来，因而两人并没有私下的交往。

但顾顺章岗位的重要性恽代英十分清楚，他几乎掌握着上海中央机关的全部秘密，他叛变确实出乎意料，由此更加担心起党中央的安危来。

王震南见恽代英不语，进一步发挥：“自古以来弃暗投明皆成美谈。恽委员您是大学者，若能和蒋校长再次合作，一定留下千古佳话。”

恽代英静一下心绪，正色道：“我从参加共产党那天起，就认定共产主义是唯一的一条救中国出水火的光明大道，而蒋介石走的是一条祸国殃民的黑暗道路，别看眼下得势，但注定是没有前途的！不管别人做什么，我绝不背叛我的信仰!”

第六章 斗争

1

恽代英第一次遇见蒋介石是在1926年1月，国民党的第二次代表大会上。那时的蒋介石在恽代英心目中还是国民党左派的形象。蒋介石通过黄埔练军，初显身手，东征陈炯明，初步尝到了手握枪杆子给他带来的荣耀。会议中曾有人提议："请全体代表起立，向蒋介石同志致敬，勉其始终为党为国奋斗。"蒋介石俨然已成为国民党人心目中的英雄。

在国民党二大上，蒋介石以248票当选为国民党中央执行委员。恽代英和毛泽东等在国民党内的共产党员几乎全部投了蒋介石的赞成票。须知，在国民党“一大”上，毛泽东被选为国民党中央候补执行委员时，蒋介石连正式代表都不是。

国民党二大，蒋介石满载而归。

国民党二大，恽代英以173票当选为国民党中央执行委员，毛泽东也以同样的票数再次当选为中央候补执行委员。会上，恽代英、毛泽东同周恩来、董必武等其他共产党人一起团结国民党左派，与国民党西山会议派展开斗争。这一次，蒋介石投了共产党的赞成票。

西山会议派的目的就是在国民党内清共。

在孙中山联共之初，国民党内曾有不同声音，要求将“联共”的提法改为“容共”。“联共”与“容共”，一字之差，却相隔千里。“联共”说明国共两党是平等的合作，而“容共”则使共产党附属于国民党，失去了独立自主性。陈独秀、李大钊据理力争，孙中山同意提“联共”，不能因妄改一字而影响到国共平等合作。面对国民党内强大的反对声音，孙中山发了脾气：如果你们都反对与共产党合作，那我作为国民党的领导人，就自己去加入共产党，你们觉得怎么样？

孙中山一声怒吼，把反对的声音压了下去。

但是，国民党内部始终存在一种要把共产党人赶出国民党的势力，这种势力连绵不绝，不断制造事端，直到蒋介石、汪精卫叛变，屠杀共产党人，国共分裂。

在位于台北市的国民党党史馆馆藏档案中，有一份毛泽东、恽代英首署的以国民党上海执行部名义致孙中山总理的电文，标题《呈报东日三四两区部开会情形》：

孙总理钧鉴（广州）：

东日三四两区部曾贯五等，集少数党员秘密开会，强迫签字于致总理电文，黎磊被殴伤。更日，该两区部喻育之等二十余人拥入执行部，强迫楚伧盖印于致总理电文，邵力子被殴伤。党纪扫地，若无制裁，何以励众。再，楚伧主持不力，迹近纵容，并乞明察。

沪执行部：毛泽东、恽代英、施存统、邓中夏、沈泽民、韩觉民、王基永、杨之华、李成、刘伯伦叩蒸

民国十三年8月13日

电文揭露国民党右派张继、谢持等人以“弹劾共产党案”发动的破坏国共合作的阴谋活动。8月1日，国民党上海第三四两区党部召集各区部分代表会议。国民党右派分子曾贯五、喻育之向与会者分发他们早已拟就的致总理之电文，并要求立刻签字。这份电文要求“开除跨党分子”，就是开除在国民党内的共产党人。第五区党部的共产党员姚绍虞、顾修和国民党左派黎磊等发表不同意见，曾贯五等人就大打出手，并将黎磊殴伤。

次日，喻育之等又率打手二十余人，冲进国民党上海执行部，强迫国民党中央执行委员叶楚伧在要求开除“跨党分子”的“致总理”电文上盖印，并殴打国民党左派邵力子等人。

此时，恽代英是国民党上海执行部的委员，在宣传部长汪精卫手下任宣传部秘书，为挫败国民党右派清共阴谋，与组织部秘书毛泽东（组织部长胡汉民）联手向孙中山呈报情况。

孙中山所指的大会就是国民党第一届第二次中执委全会，8月15日在广州召开。

国民党右派的“弹劾共产党案”被大会否决。孙中山以国民党中央执行委员会名义发表了《有关容纳共党分子问题之训令》，指出：“谓本党因有共产党员之加入，而本党主义遂以变更者，匡谬极戾，无待于辩。即谓本党因有共产党员之加入，而本党团体将以分裂者，亦有类于杞忧。证之本党改组以后发展情形，益可以无疑。”

孙中山义正严辞维护了国共两党的联合。

不料，仅过半年，孙中山就在北京病逝；五个月后，廖仲恺又被

国民党右派暗杀；共产党失去在国民党内的两大护持，清共势力愈加明目张胆。

于是，西山会议派粉墨登场了。

1925年11月23日，谢持、邹鲁等在北京西山碧云寺召开所谓的“国民党一届四中全会”。出席会议的仅有中央执行委员八人（占总数三分之一）、候补委员三人、中央监察委员两人。通过了“取消共产党员在国民党中之党籍”、“开除国民党中央执行委员会中的共产党员”、“解雇顾问鲍罗廷”等反苏、反共、反对国共合作的议案，并通电宣布停止广州国民党中央执行委员会职权和国民党二大开会日期。会后在上海成立“国民党中央党部”，与广州国民党中央相对抗，并在北京等地设立地方分部。

国民党右派迫不及待向共产党人动手了。

国民党二大成为了共产党和国民党左派与国民党右派激战的战场。

恽代英冲在前面，和国民党右派展开激烈交锋。此时，汪精卫和蒋介石尚未揭开反共面纱，都以左派的面目出现，特别是蒋介石，他虽在进军北伐中靠共产党人的帮助赢得巨大声誉，但此时羽翼未丰，还需要共产党人的帮助。因而，大会通过了弹劾西山会议派的决议，指出其“举动纯属违法，并足以危害本党之基础，阻碍国民革命之前途”。决定永远开除邹鲁、谢持的党籍；居正、石青阳因列名“国民党同志俱乐部”(由国民党老右派冯自由、马素等组织的右派团体)予以除名；对林森书面警告；对戴季陶也发出了“促其猛醒，不可再误”的警告。

在国民党二大闭幕当天，恽代英曾发表即席演说：

“最可怜也可笑的，是许多现在或者已经脱党的人，他们不知自己的主义是什么，天天说这个是共产党那个是共产党。稍有一点意见和他不同，他马上就要说你共产党。一般老同志，常常说国民党如此下去，快就要亡党了，党给人家夺去了，如西山会议这班人，就是此种思想之代表！他们对于这回第二次大会的心理，就是说：‘在广东开会的党员统统都是赤化的。国民党在这一回一定给共产党拿去了。’但我问问各位同志，你们都是已经赤化了么？究竟党有给共产党拿去了没有？”

恽代英挥着手继续说：

“实实在在的说，本党虽创立十多年，一直到现在才真实能为三民主义而奋斗，才真实是实行三民主义的革命党。他们说亡党，不错。冯自由、谢持、邹鲁的党确实是已经亡了！至于孙总理的党，不但未亡，而且到现在为全国人民所了解所信仰。什么是孙总理的党，就是信仰而且实行三民主义的党。这个党是没有亡的。”

恽代英略带沙哑的声音在大厅里回荡：

“我当真是永远忠心于本党的事吗？也不一定。如果本党丢了三民主义，我便要反叛起来，这是没有什么客气的。我的入党是因为想做官吗？想认识某要人吗？我完全是因为国民党能反对帝国主义、军阀，为被压迫农工利益而奋斗所以来的。如果国民党会有一天和帝国主义妥协，和军阀勾结，和大多数的农工反对，这是冯自由的国民党，已经不是总理的国民党了；到那时，我一定起来反对，和现在反对上海的伪中央执行委员会一样。”

毛泽东等共产党人和国民党左派起立对恽代英的演说击掌称赞，蒋介石也在鼓掌人之列。

2

国民党二大过后，蒋介石成为国民党中央执行委员会九常委之一，仅位列汪精卫、谭延闿之后，离他问鼎权力顶峰仅差一步之遥。此时，蒋介石最大的政治对手就是汪精卫，而汪精卫的政治标签为

“国民党左派”。

蒋介石开始暗暗向右转，终于在1926年3月20日，一手制造了“中山舰事件”。蒋介石谎称中山舰要炮轰黄埔军校，共产党要把他赶走，以此作为借口，把海军局长兼中山舰舰长中共党员李之龙扣押，把第一军中的党代表全部免职，其中包括第一军政治部主任周恩来，并实施戒严。

汪精卫闻听大怒：“我是国府主席，又是军事委员会主席，介石这样举动，事前一点不通知我，这不是造反吗?”

但此时，蒋介石军权在握，以军权逼汪，作为广州国民政府主席的汪精卫不得不称病“出国考察”。蒋介石阴谋得逞，暗自得意，广州国民政府已经完全在他掌控之中。

中山舰事件发生时，鲍罗廷和加仑正在莫斯科报告工作，闻讯急忙赶回广州。经鲍罗廷与蒋介石谈判，苏联答应提供军援，蒋介石也答应继续联共，还对在中山舰事件中的帮凶欧阳格和广州市长伍梯云予以逮捕和驱逐以表“诚意”。

此时，蒋介石羽翼未丰，犹抱琵琶半遮面，他还需要利用军队中的共产党员的力量进行北伐，更需要得到苏联的帮助，因此并不打算和中共彻底决裂，只是削弱一下中共在军队内的领导力量；他开出条件：第一，共产党员退出第一军；第二，不退出的要交名单。陈独秀竟然答应了蒋介石的条件。气得粤区区委书记陈延年大骂父亲陈独秀是“老糊涂”“混蛋”!

正是在这样一个关键时刻，中共中央决定，派恽代英到黄埔军校工作，担任政治主任教官，并兼中共党团书记，以加强军校中党的力量，遏制蒋介石。

恽代英到黄埔军校的时间是1926年5月，负责“督同各教官负有实施政治教育全部大权”。在他和熊雄的领导下，军校成立了共产党的领导——中共特别委员会（即中共党团）。恽代英任书记，熊雄（黄埔政治部副主任）、聂荣臻（政治部秘书）、陈赓（步科一团七连连长）、饶来杰（图书管理员）等四人任委员。

阳翰笙回忆：

一九二六年一月，党组织调我到黄埔军校工作。在这里我又和恽代英同志相遇。

黄埔军校的分科，除了具有一般军校的步、炮、工、辎四科（没有骑兵）外，它与众不同的特色就是设了一个十分重要的科，叫做政治科。这个科完全由我党所掌握，人数比其他科都多。代英同志作为政治总教官，主要负责三个方面的工作：首先是政治科，这是他工作的重点。从这个科毕业的学生多半是去做党代表的，大部分是做连党代表，以至营、团甚至师党代表、师政治部主任。另一部分工作是步、炮、工、辎四科，除了本职的军事知识、军事训练以外的政治课程和政治教育工作。这项工作也归代英同志负责。第三部分，就是入伍生部（两个团三千人）的政治教育工作，也归代英同志管。那时，萧楚女、许德珩、黄松龄、刘凯元、郑伯奇、张罄佛等等都是黄埔的政治教官。

代英同志在黄埔讲授的课程先后有：社会发展史、社会问题、帝国主义侵华史、国际政治等。这些课目都是马列主义的内容，不过换一个名称。比如：他讲政治常识，仍然叫做三民主义，是孙中山修改过的新三民主义。他讲的很受群众欢迎，甚至连国民党右派也不敢说讲的不好。他讲课经常不在教室里边，而是在操场上讲，因为教室里装不下那么多人，中间放一张桌子，学生在四边围着，军官喊一声坐下，大家都安安静静地坐下来。代英同志就爬上桌子开讲。夏天的黄埔骄阳似火，代英一讲就是几个钟头。他讲话幽默、诙谐，鼓动性强，学生们都非常感兴趣，全神贯注地听。偶尔军官忘了让大家坐下，学生们一站几个钟头，也都聚精会神地听完。恽代英在黄埔学生中间的威信极高，影响很大。蒋介石心中对他十分忌恨，但也没有办法。在军校，恽代英著有《政治学概论》、《政治讲演大纲》等，讲演世界革命史、中国革命史、孙中山革命史，连蒋介石都是无法反对的。

恽代英进黄埔军校时，左派和右派的斗争相当地激烈。右派的组织是孙文主义学会，左派是青年军人联合会。党派恽代英去黄埔军校，目的就是为了加强那里的左派力量，所以恽代英除了负责政治课程、政治教育以外，还参加了领导和支持青年军人联合会，通过它进行党的宣传教育和发展组织工作，向右派作斗争。

孙文主义学会主张的所谓“孙文主义”是从戴季陶发表的一本反马列主义小册子《孙文主义》而来的。戴季陶是蒋介石在上海搞交易所时的老搭档，是个伪君子。他宣传什么尧舜、禹汤，文武，周公，孔子，所谓的仁义道德，礼义廉耻，实际是反对革命，反对阶级斗争。他的反动言论，在上海时受到瞿秋白、恽代英和萧楚女等同志的严厉批判。这场早就开始的斗争，它的舞台又从上海转移到广州。在蒋介石支持下，国民党右派组织了孙文主义学会，目的是同共产党争夺青年军人。恽代英继上海那场斗争之后，现在又支持青年军人联合会和右派继续斗争。

代英进黄埔军校时，当年由周恩来同志领导的著名的左派青年军人联合会已经具有很大影响。蒋先云、陈赓、徐向前等黄埔第一期毕业的同学，都是这个组织的领导人。代英同志来军校后，青年军人联合会同孙文主义学会的斗争也就更加有力了。

代英同志在军校得到学生们的普遍拥护和爱戴。这些来自四川、湖北、湖南、河南、上海、黄河流域、长江流域的青年，有的直接受过代英同志的教育，有的受过《中国青年》的影响，现在亲聆代英的热情指导之后，都对他倍加崇敬和热爱。蒋介石恨他，因为他在学生中不但享有很高的威望，而且很有斗争策略和斗争艺术。代英同志领导学生同孙文主义学会的斗争集中在对待三大政策的态度问题上。三大政策是孙总理的决策，你既然要做总理信徒，你信仰不信仰三大政策？不跟你谈什么马列不马列，有时甚至不提什么新三民主义，而是以执行不执行三大政策为标志。这些道理，不只是共产党员拥护，连国民党左派也支持，甚至中间派也觉得有道理。这样，蒋介石到处输理，对恽代英毫无办法，所以代英同志在军校能一直干到当年年底。

在这场斗争中，蒋介石觉得很孤立，也很害怕我们。中山舰事件发生后，有段时间他整日提心吊胆，深怕共产党对付他，因为我们当时的力量很强大，如果想把蒋介石抓起来，是比较容易的。一次他在大会上讲话。对着军校同学抑制不住内心的恐慌，说："本校长……现在处境困难啊！"说着，眼泪就掉了下来，作出一副可怜的样子。后来，还是陈独秀的右倾投降主义救了他。蒋介石这个大阴谋家平时不说话，遇到困难时就把门一关，一个人在校长办公室里转来转去，不许任何人进去。军校的人都知道，他的门关着，准要出什么事了。他诡计多端，一步一步把权抓到手，先当上总司令，把军权抓到手，又派陈果夫当组织部长，派张静江负责党务，把第一军的共产党员都赶走。他利用右派组织孙文主义学会同青年军人联合会斗。后来他干脆停止了这两个组织的活动，另外组织了他控制的右派组织黄埔同学会。

正如阳翰笙所说，在黄埔军校创办初期，蒋介石对共产党人心存忌惮，起初是周恩来，周恩来走后是恽代英。恽代英到黄埔军校后，蒋介石很想拉拢他，为己所用。经常对恽代英搞点小恩小惠，比如说，不但拉恽代英一同就餐，就是自己吃点心的时候，也给恽代英准备一份送去。

徐彬如回忆：

他（恽代英）生活十分简朴，无丝毫嗜好。他每月的薪金不少，因他是国民党二大的中央委员，当时的待遇是每月280元以上，另外他在黄埔军校还有薪金，但他却将薪金大部分作为党费，交给了粤区区委。……记得每次开完学委会后，他都请我们去吃饭。广州市有一家专卖北方饺子的云南饭馆，我们经常到那里去吃饺子和麻婆豆腐等。

在广州黄埔军校期间，恽代英认识了郭沫若，并成为好友。

徐彬如回忆：

1926年北伐前，郭沫若任中山大学文学院院长。不久，郭沫若把文学院整顿的很好。此时，郭沫若要求入党，写了申请书，我当时任总支书记，总支讨论的结果表示同意，报请粤区区委批准。粤区区委讨论的结果认为郭沫若暂时不入党为好，可以等等，让郭沫若通过实际工作，再锻炼锻炼。区委书记陈延年同志先让毕磊同志通知他，后由恽代英代表党组织和郭沫若进行了谈话，郭沫若听后，表示愿意放弃文学院院长的职务，同意到军队去作些实际工作。当时正值北伐军组织政治部，邓演达任军事委员会政治部主任，孙炳文任政治部秘书长，恽代英同志就安排郭沫若任政治部宣传科长。

这也是郭沫若从军的开始。

3

1926年10月，国共合作的北伐军光复武汉，国民革命的洪流从珠江流域席卷到长江流域。为迎接革命发展对军事政治人才的需要，时任北伐军政治部主任的邓演达决定在武昌红楼筹办政治训练班。筹备期间，国民党中央决定在武汉办黄埔军校政治科，并将黄埔政治科第五期学员移来武汉，任命邓演达为政治科主任。

转年1月，国民党中央又决定将黄埔军校政治科改为中央军事政治学校武汉分校，蒋介石任校长，邓演达任代校长，恽代英出任政治总教官。

学校位于武昌文昌门与平湖门之间的两湖书院旧址。

当时，革命洪流汹涌澎湃，武汉已成全国青年向往的革命中心，热血青年从全国各地向武汉涌来报考。考试那几天，北风凛冽，寒气刺骨，来自全国各地及海外的青年才俊却把武昌城闹得热气腾腾。蛇山矶头、黄鹤楼上，到处都有他们指点江山、激扬文字的身影。

到了这年3月，国民党中央和国民政府迁至武汉，军校正式命名为中央军事政治学校。名义上蒋介石兼校长，实际上负责人是邓演达。在邓演达北伐河南后，恽代英成为军校实际领导人。在军校最盛时期，正式学员和受训学员达到六千多人，规模之宏大不亚于黄埔本校，成为中国腹地武装革命势力的大本营。

武汉军校制定了“军事科加紧政治训练，政治科加紧军事训练，军事与政治并重”的方针，实行三操两讲制，尤其重视对学员进行爱国主义和国内外政治形势方面的教育。邓演达、恽代英除亲自授课外，还经常在每周星期一上午“总理纪念周”活动上发表演说。两人演讲极具魅力。有学生评价“邓先生胜在庄严沉重，使全场凝神静听，鸦雀无声；恽先生胜在诙谐轻松，使全场春风四动，欢笑不绝”。

在恽代英邀请下，陈独秀、周恩来、毛泽东、郭沫若等共产党人和著名人士都来校作过报告或讲课。

在军校专职与兼职的政治教官还有李达、沈雁冰（茅盾）、章伯钧、马哲民、梅龚彬等，徐向前等则担任军事教官和学生队的队长。后来担任军校职务的还有施存统（音乐家施光南的父亲）、陈毅等。

恽代英和蒋介石最后一次握手就是在武汉军校。时间是1927年春上。

蒋介石在武汉军校开学之初来校做了一次训话，从此就再没到校。

那时，蒋介石羽翼渐丰，他拥兵自重，在迁都问题上大做文章，意欲问鼎国民政府权力的顶峰。

本来，国民党中央已经决定，将国民政府迁都武汉，但蒋介石突然变卦，要国民政府迁都南昌，并在南昌扣押部分政府成员。

蒋介石为什么不愿迁都武汉？因为他知道武汉已是共产党的天下，而他已经阴谋对共产党动手。

可以说蒋介石是靠共产党上位的，他起家的本钱就是黄埔军校，而黄埔军校是苏俄政府出枪出钱，中国共产党人出力创办起来的，不但北伐军的中坚力量是共产党人，就是蒋介石的性命也是共产党人陈赓所救。

但蒋介石对此并不领情，他明白共产党人留在国民党内是他问鼎最高权力的障碍，所以在他自觉有本钱对共产党下手时，便毫不留情举起了手中的屠刀。如果说他自编自导的“中山舰事件”只是一个试探的信号，那么，四一二大屠杀却是对共产党人血淋淋的清洗！自此，在蒋介石的词典里，恽代英和毛泽东等共产党人不再是先生，而是“共匪”，被悬赏追杀。

其实，对蒋介石的叛变阴谋，恽代英和毛泽东等共产党人早就有所警惕。“中山舰事件”之后，蒋介石在军队中培植亲信，排除异已，把枪杆子一步步掌握在自己手中，种种迹象，不得不让人怀疑。在1927年2月间的一次国民党中央执行委员暨国民政府联系会议上，恽代英就率先提出了“提高党权”、“集中党权”、“反对独裁”的口号，以打击和限制蒋介石的权力；毛泽东则在会上全力支持恽代英，他说：“代英同志提出这个问题十分重要。蒋同志表现出来的倾向让人怀疑，要有所警觉。”董必武、宋庆龄、邓演达等也一致赞同。这就有了在国民党二届三中全会上，将蒋介石为部长的军人部裁撤的议案，并获得全会通过。

蒋介石得知后，对恽代英恨之入骨。

国民党二届三中全会免去了蒋介石的中国国民党中央常务委员会主席等职务，仍由他担任国民革命军总司令。

蒋介石找种种借口，拒不到会。

此次会后不久，蒋介石终于撕下温情脉脉的面纱，举起了血淋淋的屠刀，发动了四一二反革命政变，在上海，一夜之间，共产党人血流成河。

消息传来，恽代英和毛泽东满怀悲愤，联合四十余名国民党中央委员、国民政府委员一起发表了《讨蒋通电》，痛斥蒋介石叛变革命，屠杀工农的反革命罪行。随后，毛泽东为全国农协起草了《讨蒋通电》，号召消灭蒋逆，铲除蒋逆御用的南京政府；恽代英则在武汉中央军校中立即清除蒋介石的走卒，率领军校学生参加了声势浩大的讨蒋大会，誓言与蒋介石血战到底。

继蒋介石之后，汪精卫也露出庐山真面目，步其后尘对共产党人下手。

宁汉合流，风声鹤唳，共产党处在一片白色恐怖包围之中，一个六万余人的党，被捕、被杀，最后只剩下一万党员，不得不隐入地下。

血的教训使恽代英和毛泽东等共产党人明白一个道理：枪杆子必须要抓在自己手里。蒋介石就是靠手中的枪杆子，借助共产党的力量把旧军阀一个个清除，树立了个人的威名；然后又依托手中的枪杆子，把一个个国民党内的大佬们掰倒，一步步登上了个人权力的顶峰。就连汪精卫也不是对手。

明白过来的共产党人没有低头，他们也决定拿起枪杆子，走向武装革命的战场。

恽代英义无反顾地参加了南昌起义、广州起义；毛泽东则在出席八七会议后，回到湖南领导了秋收起义，随后又带领起义军走上井冈山，开辟了第一个农村革命根据地。

事实上，武汉军校的大部分师生后来都成为了南昌起义部队的骨干。

4

蒋介石不杀黄埔生一共有两次，一次是对张际春，一次是对陈赓。

张际春是黄埔一期生，醴陵人。在校期间他加入了中国共产党，并参与筹建中国青年军人联合会。参加过两次东征，曾任中校营长。“中山舰事件”后，他被免职。后被中共派赴莫斯科东方大学学习。回国后留在上海，任中共中央政治局候补委员，中共中央军事部委员兼江苏省军委委员，上海总工会纠察队副总指挥。1929年8月下旬因叛徒白鑫出卖和彭湃等人一起被捕。蒋介石闻讯后派国民党中央组织部秘书曾扩情专程去沪，找警备司令熊式辉交涉，张际春得以不死，判服刑狱，两年后释放，任中央军校中校教官，不久病故。

而同时被捕的彭湃、杨殷、颜昌颐、邢士桢等四人则被秘密处决。

不杀陈赓则是在蒋介石杀害恽代英之后。

黄埔军校曾有这样的顺口溜："蒋先云的笔，贺衷寒的嘴，灵不过陈赓的腿。"陈赓腿上功夫好生了得。

国民革命军第二次东征时，蒋介石任总指挥兼第一军军长，在攻打惠州城时，担任连长的陈赓不顾负伤，忍着伤痛继续冲杀，率先冲上城头。蒋介石欣赏陈赓作战勇敢，就下令调他的连队到身边担任警卫。

华阳镇一役，蒋军大败，蒋介石颓然道："我在黄埔一直教导你们，战死则罢，不战死则杀身成仁，今天我要实现自己的诺言！"说罢拔出短剑。

陈赓一把夺过短剑："你是总指挥，你不能死！"说吧，背起蒋介石就跑，一口气跑了几里路，将蒋介石平安救出。蒋介石获救后感慨："幸仗总理在天之灵，出奇制胜，转危为安。"话虽这么说，却也知道是陈赓实实在在救了他一命。

但后来陈赓发现，蒋介石在作战指挥间隙打开收音机收听上海的股市，知道蒋不是真正的革命者，不是他要跟的人，所以最后弃蒋而去。

1931年陈赓在鄂豫皖苏区作战，身负重伤，鄂豫皖苏区医疗条件有限，只得将他秘密转移到上海，在一个跟共产党有关系的医院里治疗。结果被叛徒顾顺章给指认了，陈赓被捕。

蒋介石听说陈赓被抓，大喜过望，下令给陈赓好好治伤，并要到病房去见陈赓。陈赓坚持不见。来人说，委员长已经走到门口了，你不见也得见。蒋介石进来后，陈赓在病房里抓起一张报纸挡住脸。蒋介石走到陈赓的右面，陈赓把报纸移到右边，蒋介石又走到陈赓的左边，陈赓又转过来把报纸移到左边。如此反复，蒋介石知道陈赓不想见他，只好离去。临离开前，跟看守陈赓的人说了一句，好好给他治伤。后来睁一只眼闭一只眼，放任陈赓脱逃。

延安整风时，陈赓正和彭德怀聊天，康生一掀门帘进来，当听到他们在谈当年东征的事时，怪罪陈赓说："当年你要是不救蒋介石，现在哪要打这么多仗?"

陈赓回答说："那蒋介石不就成了烈士，跟廖仲恺一样了?"

蒋介石对恽代英劝降失败后，动了杀机。

在思考一夜后，蒋介石下达了对恽代英执行死刑的手谕，他明白恽代英不像张际春，只是一介武夫，而恽代英手中那支笔可抵十万、百万大军!

恽代英曾写过一篇《蒋介石为谁说话》的文章，蒋介石读后胆惊心颤:

蒋介石近来特别高兴做文章，一篇对关税之感想，继续发表了三次，同时又发表了一篇对党务的意见。他仗着他的国民政府主席头衔，放心大胆发表他的狗屁胡说，他想总会有些人要受着他的欺骗的。

在逐条驳斥蒋介石的狗屁胡说后，恽代英又写道:

若说国民党曾经竭力提高工农生活，他们得以政权法令裁制地主资本，那亦只是睁着眼睛说诳。国民党只有借清党反共屠杀工农，只有取消共产时代工农所争得的利益条件，只有帮地主血洗农村，只有帮资主压榨摧残工人。不错！国民党亦有所谓管理劳工的机关和法令，但是他们不过是利用这来欺骗敷衍工人，以缓和而消灭工人的斗争情绪，他们并且还要利用这种机关与法令，来帮助资主压迫工人。中国工人农民能依赖国民党来解决自己的经济问题吗？国民党既然很明白的不能制裁地主资主的压迫农工，蒋介石反说现在怕的是农工转而压迫地主资主，这更显然是在帮助地主资主说话。

共产党绝对相信只有工农自己的斗争才能解决自己的经济问题，只有从抗租、罢工、怠工以至于做到革命夺取政权，才能完成自己解放之目的。

……蒋介石是最害怕工农有这样觉悟的。他要窃取政权，为帝国主义保障经济侵略的权利，同时又要帮地主资主压迫剥削工农，这便是他所以要接连着发表这些狗屁胡说的议论的原故。

恽代英的文章言辞犀利，锋如刀枪，直刺人心。

他是青年领袖、军校的政治总教官，是个教育家，宣传家，鼓动家啊！他是对人的灵魂进行教育，而信仰的力量是可怕的，倘若恽代英不死，放虎归山，不知会有多少青年跟随其后信仰共产党。因而，恽代英必须死。加之蒋介石知道共产党正在加紧营救恽代英，他要先下手为强，以免夜长梦多。于是，他恶狠狠下达了立即执行死刑的命令。

第七章 就义

1

恽代英被押解回监狱后，没有送回“星”字监房，而是被单独关进了一间牢房。

那一夜，蒋介石无眠，恽代英同样无眠，他在回视一生。

1895年8月12日，武昌城内老育婴堂街四川会馆对面一幢挂着“毗陵恽寓”门牌，又称“范家老房子”的官僚大宅院内，一个婴儿呱呱坠地了。这个婴儿便是恽代英，又名遽轩。他的父亲期望他长大成人后做事能够持之以恒，有毅力，奋发向上，荣耀门庭，给他取下字号：子毅。可见期望切切。

恽代英的祖籍是江苏省常州市武进县小河石桥湾恽家村。恽家是一个世代书香人家，他的八世祖恽寿平（号南田）为清初著名画家，以诗、书、画蜚声中外，有“南田三绝”之称。四世祖恽敬（字子居）是清朝乾隆时代的“阳湖学派”的“首辅”，著有《大云山房文集》，为风靡一时的文坛领军人物。

祖父恽元复，字伯初，号祖南，晚年又号莲瑞老人，为恽南田六世孙，恽敬的曾孙，以候补知县外放湖北，举家从江苏武进迁至武昌，受知于张之洞，定居在此住宅。

父亲恽爵三（号乐夫）排行第二，他忠厚踏实，为人诚恳平和，家学渊源，擅长古文，以“候补府经历”（府经历为知府下属正八品官），在湖北的一些府、州、县周游，充当幕僚，办理文牍财税（亦称师爷），民国后称科、课、局长，经常失业，为衣食奔走，家境并不宽裕。他的母亲陈葆云出身于一个“仕宦之家”，颇有旧学根底，经常教孩子们唐诗宋词。

恽代英天资聪颖，上私塾认得字后便读书成癖。

有一天，他和几个兄弟玩捉迷藏，他躲进床底，无意间发现一只木箱，打开木箱，竟是几本破旧的线装本小说：《三国演义》、《水浒传》、《聊斋志异》、《镜花缘》、《琵琶记》和《红楼梦》等，他如获至宝，躲在床下读起来，竟忘记了出来，害得母亲大呼小叫，四处寻找。从此，一有空闲，他便爬到床下取一本小说偷偷阅读，常常忘记吃饭睡觉。

武汉素有“火炉”之称，每到夏天往往弄得人整夜难眠。恽代英的四弟恽子强回忆：

母亲的习惯是在这种天气里，每天晚饭前叫我们几个小兄弟坐在大红漆木盆里轮班洗澡，换上夏布衣裤。晚饭后，天黑下来，大家庭里纳凉的人晚间也分在几个院落里。我们来到后院的大小竹床边，坐的坐，躺的躺，梧桐树叶哗哗的作响，微风开始解除整天的炎威。大哥是书呆子，就是在那样炎热的天气，他永远是坐在孤灯前阅读。我们的一群常是四姑——那时还没有出嫁的最小的姑母，代英，三房的代官，倩妹，三哥代兴和我，有时母亲也来这院。年小的坐下来常常催讲“古今”。四姑总是当时的主席，由她指定人讲。当别人讲一些重复了几次的故事时，四姑就会说：“让育育（代英的乳名）来讲，他看的书多，讲的又有条理。”大家一致赞成，代英就开始讲《三国演义》等故事，讲的绘声绘色、滔滔不绝。常常是四姑打断他的讲述：“就到这里吧，够累了，大家去睡吧，育育明天再接着讲。”

四姑并不知道，正是她的这一做法，得以把恽代英培养成为了中国近代史上擅长雄辩演讲、叱咤风云的一代青年导师和领袖。

恽子强回忆，代英和大哥在高等小学校学习时的成绩都很好，由于家塾教学的基础，当时作为主课的作文稿，常被老师给以整句、整段连圈朱批。

国文教师叫李沅衡，他经常将恽代英的作文当作范文在课堂上朗诵给同学们听，并将恽代英的作文放置于案头，向校长和同事们炫耀。恽代英在日记中回忆：自己十三岁开始，作文即倍受授课老师的夸赞，在写作时，确也“竟一日之力，万言可致”。某年学校当局曾建议派代英去美国留学。嘱回家问父母同意不同意。代英告诉母亲，母亲说：“去外国留学，漂洋过海，晓得到个什么地方，将来讨一个洋婆子回来那还得了？千万不要去了。”

在母亲的影响下，恽代英开始记日记了，为了省钱，买来白报纸，自己画格子做页码，装订成册。每日分类有对于国内外大事要闻的记事议论和学习笔记心得等，还以百分制给自己每一日的言行打分，“把日记作为‘以是观吾品行’的重要手段，一日三省，鞭策自己克服缺点。把日记作为‘最良的’修养方法、求学方法和练习的方法。”这一良好的习惯，一直保持到大革命时期，后因环境险恶白色恐怖之下才被迫辍笔中断。

恽子强回忆：

记得在老河口那一年，我就看见他自做日记本，裁开报纸后，画格，标明月日，年间大事，每页摘记一格言在格外。每日记事格中划分上下格，分记每日行事与人讨论事项内容，往来信札，摘要，读书笔记等。打开他的日记本一看，蝇头小字密密麻麻，内容十分丰富。后来他的朋友都喜欢阅读它，来家时都常要看他的日记。有一次有一个朋友来找他，我回答已经出去了，那位朋友说：“不在家不要紧，可不可以把他日记给我看一看?”结果他独自在客房里阅读了好久。

日记是他自己反省，开展自我批评的工具。我记得有一天他正在睡前记日记，忽然停笔对我说：“我和朋友谈话的时候太多了，这样怎么能听到人家的意见呢？今后应该注意少说些。”后来在他接待朋友时果然他的话就少些了。

记得有一年底，他画制日记本时对我说：“我今年要用记分法来反省自己的操行。以绝对无过错为100分，有过错就减分。”那年日记里，他将迟到，浪费，待人不周到，对人有意见不当面提出，迟回了朋友的信，没有去看尊长的病，读书太少等等都作为扣分的例。

恽代英特别注意修身，经常用孟子的“天将降大任于是人也，必先苦其心志，劳其筋骨，饿其体肤，空乏其身，行拂乱其所为，所以动心忍性，曾益其所不能”的话，自勉和与朋友互勉。那时，他只能从“古训古事”中吸取向上的力量。正如他后来的回忆：“我常回想到我十三四岁的时候，所想象的只是‘中流击楫’、‘揽辔澄清’的人格。”

2

1909年，恽代英举家迁至湖北襄阳老河口，因为恽父在老河口谋了个差使，任盐税局局长。老河口教育落后，没有可以进的学校。于是，恽父就请老河口邮政局局长教习孩子们英文，国文则由恽代英母亲监督学习。恽代英开始读《战国策》、《古文观止》、《纲鉴易知录》和《饮冰室文集》等。这些书并不能满足恽代英的求知欲，他就用父亲给的零用钱，邮购上海商务印书馆的一些新书，康德、孟德斯鸠等国外思想家的著述译本开始进入他的眼帘；同时也读到了林琴南、刘鹗、李伯元和吴趼人等国内作家的新旧题材的小说。恽父的叔伯兄弟恽铁樵先生，在上海商务印书馆编译馆任职文艺兼医药编辑，很器重代英，嘱咐他可以常向商务系的刊物投稿，代英开始学着给《东方杂志》、《学生杂志》和《小说月报》投稿，不久即有一篇小品文发表问世，这极大地激发了他的写作欲，发表的稿费被他用来买新的书刊。

新的知识在无形中影响着恽代英的成长，有一次，他对四弟说："现在的国民应当不单注意智育、德育，还应注意体育。外国人说我们是东亚病夫，真是可耻。华佗说：户枢不蠹，流水不腐。道理是对的，我们应该不要总是躲在家里，要到外面去运动一下。"

恽子强回忆：

老河口街道不宽，城内街后有些田地和荒地叫做后乡。……去邮政局学习英文的下午，（我们）到后乡去放风筝。我们买了一个大蝴蝶风筝，一大卷麻绳，他（指代英）跑步将风筝放上去了，以后我们就缓步走上城墙去，选一个草地，将线卷逐渐放光了，风筝稳稳地在高空迎风飞翔，他就把线卷交给我。两人坐在城头看田间劳动，有时他和我谈古论今，有时他带一本书，直坐到夕阳西下，还舍不得将那有力地悬在高空的风筝放下。

有一次吃了午饭，我们背上风筝都准备出发了，他忽然对我说："我今天不去了，你找别人一道去吧。"出门时我发现书桌上邮来一包书籍。傍晚我回家时，他躺在藤椅上还拿着一本书在出神。

有一天下午应当到邮政局去学英文。午饭后阴云密布，来了一阵大雷雨，弄得街道里全浸了一尺多深的水，母亲叫我们不要去了，代英说：“要是先生在等我们，那是不好的。”结果兄弟二人冒着雷雨，涉水到邮局。可是别的同学都没有到，老师说：“雷雨没有停，下次不要这样子了。”

从这些往事的回忆片段中，我们看到的是一个充满阳光、充满活力，爱好学习，诚实守信的少年形象。

1911年仲秋，辛亥革命爆发，腐朽的清政府各级机构开始瓦解。武昌新军兵变的消息传到了老河口，谣言传来，说某司令带兵到了城外，要攻进城内抢盐税局。盐税局是老河口最大的税收机关，守着库银和账簿，恽爵三非常地担心害怕。恽母便找出一些碎银块，缝了四个腰兜给他们哥四个一一拴在腰间，说：“真是乱世之秋到来了，我们一家可能要分散，你们要放机灵点，跑散了，拿银子换钱好买食物。”

好在虚惊一场，祸事并没有发生。等了一年，恽爵三才办理移交手续，把盐税局交给新政府的接收人员。1913年，恽父带着家眷回到武昌，租住在城里涵三宫街1号，这里毗邻蛇山黄鹤楼，恽代英正是从这里开始其大学生涯和参加革命，开始了人生崭新的里程。

恽代英进入的是武昌中华大学预科班，这是一所在辛亥革命之后建立的私立大学。两年预科毕业后，恽代英转入本科，选择了哲学专业。

就在回到武昌不久，恽代英母亲因操劳过度染上了肺结核，一年多之后病死在床上。母亲去世后，大哥的精神病也更加严重。为了维持家庭，恽爵三娶了后妻，找到了新的职业，去了外地。

那时，家中的经济状况已经十分拮据了。恽代英作为次子，早早地肩负起了家庭的重担。当时，父亲薪水不多，从外地按月寄给他，由他作出预算，再交由继母逐项支出，他取消了自己的零用钱，还将自己的稿费除了买书之外，都用来补贴家用。

一天，他跟继母说："你将首饰锁在箱子里，不如换了钱买一个织袜机，学一门手艺，生活不再依靠别人，哪不好吗？"继母依从他，真的买了一台织袜机，从此每当放学回家，就能听到继母房间的织袜机声。

恽代英又对弟弟说："父亲老了，我们必须努力自立，一家人都靠一个人这是不对的，我们应该革新中国的家庭。"

恽子强回忆：

我们虽然出生在官僚家庭，代英却一生朴素，母亲在世时为他做的丝绸衣服，他很少穿着。

恽代英懂事起，吃饭就不再用家佣代为盛饭，也从不挑菜，白米饭就几叶蔬菜和一根萝卜干足矣。他不抽烟喝酒，不打牌。在大学同学中还发起"比朴素"竞赛，一些同学比衣着时髦，长短合适，他却穿着一件短到膝盖的长衫。一些人足登绸布鞋，稍破就要换新的，说："寒酸样子不好见人。"他的老布鞋前露脚趾头还舍不得换。买袜子，他挑袜筒子短的，说："袜底子容易破，长筒的浪费。"

恽代英言必行，行必果。抵制日货，他从自己做起。譬如理发，他们几个同学好友都是自己理发，当时只有老式剃刀和新式推剪两种。剃刀刮光头，头皮刺疼，用推剪则能将头发剪成西装头、圆头或小平头。恽代英跑遍武汉三镇，见只有日本进口的推剪，他偏就不买，干脆剃光头，且不戴帽子，人称"苦行头陀"。直到市面上有卖上海产的推剪，恽代英才用国产推剪理出小平头。还有，他印发的传单的纸张必用国货，在传单的尾端印上"中国纸"。

大学期间，恽代英经常跑到江边黄鹤楼石矶上观看浩荡东去的江水，希望自己的心胸也像长江的浪涛一样波澜壮阔，他把自己的房间称为"爱澜阁"，将自己的文稿定名为"爱澜阁文稿"，日记也称之为"爱澜阁日记"。忧国忧民的他提出"未来的梦"的构想，并从半工半读、勤工俭学，教育救国，实业救国等诸多方面去进行探索。

恽代英如饥似渴地从进步的书籍报刊上吸取新的知识，探索新的思想。受到马克思“怀疑一切”的思想观的启发，他写出了大学毕业论文《怀疑论》，发表在校刊《光华学报》和国内颇有影响的《少年中国》杂志上。

1918年夏，恽代英以第一名的成绩在中华大学毕业，中华大学校长陈时（叔澄）聘他为中学部主任，并担任大学校刊《光华学报》的主编。

恽代英任中学部主任，每月只有四十块银元，只有其他学校同等职位薪金的三分之一，而且还要兼许多课程，工作繁重。恽代英觉得受母校五年的培养，应有报答而不计较报酬。

恽代英受聘后，首先便提出整顿校务的三条措施：（一）选择有教育学识之教师；（二）教师须有真品格；（三）教师须与学生有极密切关系。他特别强调教师要平等对待学生，爱护学生，“视学生如弟兄”。当时，“一般为师的，不自知他的位置，时时觉得他是比学生高一等的人。一般为学生的，亦不知教师的位置，时时觉得他是比教师低一等的人。”这种高于人或低于人的观念，使教师与学生的关系成为主奴关系，是学校教育极为不振，死气沉沉。恽代英指出，这种关系“是平民主义的大仇敌”。他从教伊始，便主张破除师道尊严，建立民主的教学新秩序，这在当时是需要何等的勇气和胆识！

破除师道尊严，并不是不要尊师。恽代英认为，教师给学生传道、授业、解惑，教学生品格学问，学生不能不尊师。但是，教师又不能勉强人尊师，以养成高于人的观念。“喜欢无道理的恭维人，喜欢无道理的受人恭维，这毕竟是两千年的专制的遗毒，不是平民主义底下应该有的。”有的教师担心说，师道尊严破除了，学校秩序不易维持，恽代英却说，做教师的人，只要“把真品行真学问教学生敬、爱、信、化”，学生自然会尊师，“秩序不维持而维持了”。

恽代英还要求学生记日记、办刊物、组织讲演会，要求教师与学生谈心交心。他还要求全校师生每人每日做一件以上助人自助的好事，被师生称为“好事先生”。有的教师私下却又称他“好（第四声）事先生”。说他没事找事。但恽代英依旧故我，在大会上演讲：“国家兴亡，匹夫有责。不关心国家大事、不爱国的学生，不是好学生。”

恽代英的“好事”终于惹出事端。在五四运动中，他带领学生罢课游行，宣传演讲，静坐示威等等，向军阀施压，并创办《学生周刊》，亲自撰写发刊词：

“嗟我中国，强邻伺侧，外交紧急，河山变色。壮哉民国，风起云蒸，京津首倡，武汉继兴。惟我学界，风潮澎湃，对外一致，始终不懈。望我学生，积极进行，提倡国货，众志成城。力争青岛，事业至诚，口诛笔伐，救国之声。愿我同胞，声胆俱张，五月七日，勿忘勿忘。”

这一系列行为彻底恼怒了军阀王占元，他以“过激派”和“乱党”的罪名强加于恽代英，竟然拿解散中华大学威胁校长陈时，要求他解除恽代英的职务。陈时无奈，拖延半年后只好以“顾全大局”为借口将恽代英解聘。

恽代英离开中华大学中学部的时间是，1920年1月。

3

到了年底，被解职的恽代英一连接到两封聘请信，一封来自安徽省省立第四师范学校校长章伯钧，邀请恽代英去该校任教务主任。另一封来自湖南第一师范的教育长舒新城，也请代英去学校任教。

此前，恽代英正在做着他的《未来之梦》，幻想通过“共同生活的扩张”和在乡村发展教育、实业,从而由经济方面压服资产阶级,使全世界变为“社会主义的天国”。但是，他的《未来之梦》遭到陈独秀、刘仁静、沈泽民、林育南等人尖锐的批评。此时，利群书社也日益窘迫，恽代英不得不做出抉择。

考虑再三，恽代英选择了安徽宣城。这里过去是宁国府的辖区，他诙谐地说：“我倒要去看看那里是不是除了‘石头狮子之外，什么都是脏的’？”

恽代英之所以选中去安徽省立第四师范学校任教，一个重要原因是因为与他同龄的校长章伯钧。章伯钧曾在武昌读书，五四时作为武昌高师学生会代表参加了武汉学生联合会，在武昌时他是恽代英创办的利群书社的常客，在学校教育上也很有些想法。

恽代英带领他的学生、互助社成员吴化之、李求实和刘茂祥三人从武汉乘船到湾址，下船后肩挑行李步行到宣城四师。哪知到校门口却遇到麻烦。门房工友见四人身着长衫，脚穿草鞋，肩挑行李就将其拦在门口。

恽代英笑着说：我们是来学校受聘的教员。

门房工友死活不相信，教书的先生？可哪有先生挑行李，穿草鞋的？说是苦力吧，也不像，天下哪有穿长衫，戴眼镜的苦力？

直到学校派去码头迎接的学生在码头扑空，返回学校才消除误会。

恽代英的到任以一张布告公诸于众，上面写道：“少年中国学会会员恽代英先生，本日下午在理化教室讲演。”恽代英是五四时期的著名人物，又经常在《少年中国》杂志上发表文章，是同学们心中的偶像，于是一起拥到讲演现场。恽代英一袭灰布长袍站在讲台上。讲述帝国主义列强如何地瓜分中国，而教育、唤醒民众，是每一个师范生必须承担的救国责任等等。切中时弊的话题，语锋犀利的思辨，加上绘声绘色的口才，一下子把学生们征服。自此始，恽代英开始了他在宣城四师近一年的教学生涯。

恽代英与章伯钧商讨革新教育的方针、计划，决定从充实教材、改进教学方法入手。不仅使学生学好书本知识，还要懂得人生意义，树立前行的理想。

恽代英说：“我主张的教育与现在的教育之章程不同，我所主张的教育，教出来的学生能自动自做。”其目的是要把学生培养“成为社会有益的人”。

他改革教学方法，摈弃旧教材。他所授的修身、国文课，都是自编讲义。他还针对青年学生的思想实际经常写文章，印发给学生。他把自己撰写的《我的人生观》、《我的恋爱观》、《死的修养》等文章发给学生，既作范文，又讲理论。如他在《死的修养》这篇文章中讲到，人不仅要过好生的关，而且还要过好死的关，生死皆为自然规律，给学生以唯物主义教育。

恽代英提倡民主管理学校。他帮助学生自治会定会章和公约，严格要求学生遵守公约和会章。学生自治会不仅监督学生，而且还可以监督教职员，以求互相进步。他说：“我于学生自治会有句格言，以为凡事应由学生严格监督职教员，职教员严格监督学生。”他认为这“是学校的一种教育”。由于宣城四师实行了学生自治这种既严格又民主的管理方法，学校校风为之一振。恽代英在1921年6月9日《致杨效春》的信中说：“以宣城四师而论，自治才在萌芽，校规却着实进步。”

恽代英在安徽四师任教导主任兼国文教员，月薪与校长相等，每月一百元大洋，加上不菲的稿酬，每年的收入两千多元，而他的生活却极为简朴，不沾烟酒，仅以蔬菜、咸菜就米饭，粗布衣裳和粗布被褥，灰布袍子穿了多年，已经短到膝盖，脚上穿的布鞋布袜，鞋面上有一道用针线缝起的鼻梁，扎裤腿用的是农村妇女的鸡肠带子。恽代英穿着朴素，行李更是简单，仅有棉被一条，半垫半盖，以度严冬。衣服更换，都亲自洗涤，从不假手于人。到四师来，他带来了三个学生吴化之、李求实和刘茂祥，其中，吴化之的生活费是他供给的。后有两名穷苦学生，因家乡闹饥荒，无法继续读书，要求退学。恽代英就拿出自己的钱予以资助，使两学生免于辍学。

四师美术教员巴叔海曾对友人说起恽代英在学校教书时的情景。

恽代英授课完毕之后，就独自在房中写作，主要是为《中国青年》写稿。由于过于专心致志，经常忘记开饭的时间，等到他上饭厅时，菜饭已空空如也，弄得经常饿肚子。巴叔海见此情景，十分不安。后来想出办法，与恽代英约定：每次餐前巴书海经过恽代英的房门时，以竹筷敲打饭碗为信号，表示开饭时间将到，恽代英听到敲击声，即随时搁笔，停止写作而进饭厅。

恽代英的房中，壁上挂有自制的笔记簿一本，以记录校内所闻。如某教师教课含糊，抓不住重点，天花乱坠，胡扯一番，使学生如坠迷雾之中；某教师本身学识浅薄，滥竽充数，贻误青年，造孽深重。甚至校长章伯钧，处理校务有不妥之处，包括对学生无理指责，恽代英都要记在笔记簿上，或提出口头批评，或写出书面意见，要求学校进行改正。恽代英的此种做法，引起同事中多人的怨恨。巴叔海为人忠厚老实，担任的又是美术课，很少谈到有关政治上的问题，所以与恽代英交情甚好，成为知己，无话不谈。

一次，恽代英应赭山第五中学校长刘希平邀请去芜湖讲演，就请巴叔海陪同他前往。

那时的皖南山区，没有汽车公路，由宣城至黄山，须路经泾县、太平县，途程数百里，风餐露宿，困苦艰难。恽代英一路风尘抵达芜湖后，在下榻的旅社登记完毕，未及洗脚，就穿草鞋去了第五中学讲演。第二天，又应芜湖第二女子师范校长阮仲勉的邀请到校演讲。巴叔海对恽代英说："今天去的是女子学校，你千万不能再穿草鞋了，免得失去礼貌。"恽代英诺诺，这才将草鞋换下。

恽代英不仅利用课堂宣传民主科学，还带领学生走出校门，去了解中国社会现状。他主张学生"常与社会接触"，了解"社会内情"，并到实践中去经受锻炼。恽代英自己就常到双桥孙家埠等地访问农家。这年暑假，恽代英领几位学生远走黄山，沿途作社会调查，数日不归，家长纷纷跟学校要人，认为这是把孩子引入歧途。

宣城县商会会长朱洞词和监学唐石亭联名拍电报给安徽省政府，诬指恽代英“组织党羽，煽动学生，图谋不轨，大逆不道”。安徽军阀张文生接电后，不辨黑白，下令通缉恽代英。

章伯钧无法挽留，恽代英被迫离职。

恽代英离开宣城后，章伯钧又邀请肖楚女来校任教。肖楚女的作风不减恽代英，又极善讲演，把课堂作为传播真理、批判封建思想的讲坛。结果，一波未平一波又起。芜湖与安徽省教育厅，又免去肖楚女之职，章伯钧愤然挂冠而去。此是后话。

4

离开宣城第四师范后，这年10月，恽代英经少年中国学会会员陈愚生推荐，到四川泸县任川南师范教务主任，后转任校长。

在他还没有到校时，学生们就已经晓得他是五四新人物了。当时的川师校长王德熙也是少年中国学会会员，自命新人物，平常西装革履，洋气十足。因此，同学们推断恽代英也当是个西装革履的风流潇洒的新青年。

一天下午，听说恽代英已抵达学校了，同学们都拥到教员寝室去张望。只见里面只有一个二十多岁的青年，光着头，黑黑的脸膛上戴着一副圆眼镜，穿一件粗布长衫，脚上一双青布鞋，正在整理书籍与行李。同学们以为是恽代英的仆人，有人就问：“恽代英先生什么时候到？”

“马上就要到了。”殊不知这个回答的青年就是恽代英。

晚上的欢迎会上，当王校长介绍：“这就是我们新来的教务主任恽代英先生！”同学们才恍然大悟地惊叫起来。

恽代英的俭朴是出了名的。后来他受吴玉章之邀到成都教书，有学生问：“四川的什么东西好？”

他毫不迟疑地回答：“红苕和草鞋。”

这是因为他在授课时，为了赶时间常常在街头买几块烤红苕，一边吃一边走。至于穿草鞋，他早已穿习惯了。

恽代英教书时的月薪为一百元，每月用在自己身上的只有四五元，余下的都帮助弟妹和穷苦学生；再有就用以贴补他与友人在武汉建立的利群书社了。

那时，成都的橘子又红又大又甜，当时许多省外教师都喜欢买，恽代英却舍不得吃。

文学家茅盾深情地回忆道：“代英刻苦宽厚，无丝毫嗜好，未尝见其疾言厉色，友朋呼之为‘圣人’。终年御一灰布长袍，不戴帽。体貌清癯，而精力过人。横遭摧折，不得展其抱负，是亦中国革命一大损失也，呜呼！”

在川南师范，恽代英除坚持在宣城四师推出的学生自治之外，另一项重大改革就是“学校公有运动”。

当时的教育界，人事和财政均受军阀官僚的控制和影响，教育界内派系倾轧，四川亦是如此。为彻底改变这种状况，恽代英提出了“学校公有”的设想。他说：

要校长或少数教职员不能利用特权，以排斥异己，引用私人，把持位置，吞噬公款，必须学校公有。

要校长或少数教职员不能任自己的方便或性癖，以常时改变学校用人行政的根本计划，使学生受损失，必须学校公有。

要教职员间，教职员学生间，完全无阴私猜忌，以真心的协力进行校务，必须学校公有。

要外力不能倾轧排斥学生表同情的教职员，使其可以安心作长久的计划，必须学校公有。

要教职员不靠结交外援或求校长欢心，以保全位置，庶免分对付校事的心力，必须学校公有。

要学校用钱及用人，能使大家贡献最好的意见，使进行得最经济而有效力，必须学校公有。

要不良的教职员，不能借情面要约以滥竽充数，要不良的学生，不能借群众嚣躁以破坏校事，必须学校公有。

为实现学校公有，在恽代英指导下，学校成立了教务委员会，作为学校的最高权力机构。校务委员会吸收教师，学生代表参加，学校各项计划以及款项的支配，均由校务会议决议，全校严格遵守。

实行学校公有后，川南师范学校面貌大变。据新四川通讯社报道：该校“教育制度上采用新学制，适合新教育原理……校内组织采取委员制，委员会由学生与职教员共同组织，凡事均由委员会决定。凡有束缚学生之思想，身体的一切不良管理，必须打破，培养学生自治能力，对于校内外秩序极端遵守。学生暇时，常与教职工互相探讨关于学理之讨论，教职员偶有错误，学生每而斥其非，教职员工不认为忤，而学生每有意见，教职员亦竭诚容纳交付委员会。”

恽代英兴革布新，废除学监制度，充实开放图书馆，提倡白话文，准许学生看小说、排练文明戏，重视音乐、体育和美术课，开设理化实验和劳动课，还让学生成立自治会，组织社团活动。他反对开除学生，说：“开除，表明教育的失败，是卑劣的无能。”

培养什么人的问题是办教育的根本问题，也是恽代英最关心的问题。他明确提出，学校要为社会培养“身（体育）、心（智育）、性（德育）各方面均完全发达”的人才。

为达此目的，恽代英认为必须首先对学生进行道德品质教育。他指出，一个人学问再多，道德败坏，于社会是没有益处的。因此，教育家的任务，就是要养成“诚信朴质之风”，促进社会发达进步。

恽代英经常通过训话、自修会、修身课，对学生进行新道德教育，教育学生养成“高尚纯洁的平民精神”，“勤劳服役的习惯”和

“坚韧不移的贞操”。

关于教学方法的改革，恽代英也提出了许多精辟的见解。他坚决反对注入式教学，提倡学生自学。他说：“教育是要使人自己知道好学，是要使人自己善于求学。”培养学生自学的能力是“唯一有效的教学方法”，他自己在教学中大胆创新，采用启发式教学，上课前先让学生预习，然后再讲，课堂自始至终贯穿提问，并从课堂全局出发，使成绩好的学生“有所用心”，又使学习差的学生“亦赶得上”，充分调动了学生的积极性。实践结果表明，虽然采用启发式教学教师要麻烦一些，但“于学生益处太多了”，比注入式教学的效果要“强十倍”。他认为学生自学，老师辅导的方法有四点好处：“（一）可以增加学生注意力；（二）引起疑问之习惯；（三）养成无师自学之习惯；（四）便于个别指导。”

恽代英认为，不同的学科，有不同的内容和教授规律，因此教法要“因时因地而各求其适宜”。在教授中学英文时，他把每课分生字、续篇、问题、参考、作文五部分。并强调口译，认为“口头回答”、“速听速记”是会话的基础。为加强学生的听读能力，他还组织学生用英语演文明戏，增强了学生学习英语的兴趣。在国文教学中，他也注意培养学生的口头语言表达能力，提倡召开各种演讲会。演讲题目由会议主持者预先拟定，在老师的指导下，让同学轮流演讲，演讲时间最少一分钟，最多不超过十五分钟，敷衍塞责者要受罚。

恽代英还探讨了考试改革的问题，并写了《考试问题》等专文。他反对教师用死知识考学生，认为考试不是为了争分数，不是靠死记书中的条文、语句，而是“检测教师教法之善法，以便决定改进的方法”和“帮助学生复习，并且帮助他们用学过的材料，做出一种新的论著”，考试应是考核和帮助学生掌握“活用知识”的能力。

恽代英上述关于教材教学改革的理论与实践，今天读来，仍不乏真知灼见。

次年春上，川南师范学校校长王德熙调往富顺县作知事。恽代英接任校长。

恽代英任校长后，更大举进行教育改革，先后聘请肖楚女、李求实、刘愿庵、穆济波等为教师，使学校充满了前所未有的民主空气。一跃而为四川名牌学校，许多青年学生踊跃报考，学校不得不在泸县城郊忠山设立分校。

恽代英在办好川南师范学校的同时，又积极支持泸县开设平民夜校，免费招收贫苦青年学习，普及文化教育。为实现男女平等，提高妇女地位，他还创办了一所女子师范学校，招收冲破封建礼教，由封建家庭束缚下解放出来的进步女青年。

然而，恽代英的革旧布新触动了当地土豪劣绅的利益，他们开始反击了。

一九二二年暑假，川南师范学校争取到一千元拨款，由恽代英亲赴上海购置图书、仪器。就在他去沪期间，四川政局又乱，军阀混战。军阀杨森所属的第二军败北，东下湖北宜昌。另一个军阀赖心辉所属的第一军乘机攻占泸县，任用下属旅长张英（挺生）为川南道尹，取代杨森。

张英一到泸县就将从前的教育经费一概取消，教师中的顽固守旧者趁机造谣，攻击恽代英“挟财远逃，不会再回”。张英遂委派罗毓华（廷光）为代理校长。罗毓华是“择师运动”时被撤换的教员之一，他一到学校就进行大清洗，将学有专长的教师概行撤聘，另用私人；又以“有损校长威权”之名，撤销校务委员会，废除学生自治权利。泸州的封建势力和原被撤换的教职员一齐鼓噪，攻击污蔑川南师范为“罪恶渊薮”，叫嚣“所有从前教职员及所创办之新事业都连根拔除”。

学生们不干了，放暑假的学生纷纷回校，挺恽倒罗。

学生们发出《快邮代电》，强烈抗议张英、罗毓华的行径。电文说：“同学目睹黑暗，身受欺凌，以川南二十五县培植人材之学校，竟作少数奸人植党营利之投机事业，四万万人生命所系之神圣教育，遭此非理摧残，谁非血气之伦，宁甘隐忍?”他们结队前往道署请愿，坚决提出：“要恽校长，不要罗校长!”要求学校公有，办事用人，不得加以非礼干涉；所扣经费，须一律退还；将罗毓华及所聘教职员请出校外，由学生另行推举。

张英却并没认输，仍以“恽代英携款潜逃”为由，在恽代英等教师带着采买的物品回校之时，谎称接去道尹署开会，趁机将恽代英关押在起来，并命令所属各县学校，“凡稍带有新思潮色彩及沾染新思想之教员学生完全辞退或开除”，又令泸县图书馆和县属各学校，将所有宣传新思潮的书籍，尽数收检，不准借出，或者全部焚毁。

学生掀起了罢课浪潮，其他各校学生群起响应。

张英见事态扩大，只好宣布撤销罗毓华的校长职务，由自己兼任，同时请成都高等师范学校校长吴玉章和吴子俊出面，保释恽代英。

恽代英返校后，川南师范学校学生纷纷请求他继续留任校长，主持校务。此时，恽代英已答应吴玉章去成都高等师范学校执教，遂决意离开泸州，辞去了川南师范学校校长的职务。

再后来，恽代英应邓中夏之邀去了上海，走上了职业革命家的道路。

5

躺在中央军人监狱的牢房内，恽代英回视一生，思绪万千，他对自己最终选择的道路并不后悔，心中只是有些遗憾，不能亲眼看到胜利的那一天。

在拒绝了蒋介石的劝降之后，恽代英知道自己必死无疑。

窗户里透进了亮光，他知道死亡正在向他一步步逼近。

对死亡，恽代英并不害怕，自从他选择了加入中国共产党的那一天起，他就做好了死亡的准备。

他曾在一篇声讨何键的文章中这样说：

何总指挥键，最近在北平语人，七月来他在湖南杀了一万七千余共产党。平均起来，每一刻钟要杀一人。湖南总计有三千万人，照何总指挥这样“努力”下去，也要一千年才能杀完，可惜何总指挥不是一个千年得道的乌龟。

是啊，共产党人是杀不完的，前面的倒下了，后面的会跟上了，前赴后继，踏着血迹前进！

他想起了武昌红山脚下的墓碑，想起了施洋的死，想起了施洋在利群书社读书的情景。

施洋是京汉铁路工人大罢工的领导者之一，他积极组织武汉工人和学生进行反对军阀吴佩孚的游行示威。施洋被反动军警逮捕后，在敌人的法庭上，他大义凛然，怒斥军阀镇压工人运动的滔天罪行；在刑场上，面对敌人黑洞洞的枪口，施洋毫无畏惧地说：“你们杀了一个施洋，还有千百个施洋！”敌人恼羞成怒，连呼开枪。施洋高呼：“劳工万岁！”第二枪响时，施洋仍然屹立，再呼：“劳工万岁！”施洋就这样英勇牺牲了，年仅三十四岁。

施洋死后，汉口人力车夫为表达对施洋的哀思，在各码头设祭，数千车夫跪地痛哭并扶灵位游行，场面悲壮。

恽代英的好友林育南、张浩都参加了那场气壮山河的罢工运动。

他想起了林祥谦的死：“头可断，工不复！”

他仿佛看见林祥谦被绑在站台东侧的灯柱上，透过层层刀枪，威武不屈地挺立着，怒视敌军官兵。

此时，张厚生召集警察分所长，车站站长，段长于车站内，并亲自提灯于七八十人中找出林君，回顾吴段长说：“此人是否工会长？”吴答说：“是。”张乃立命刽子手割去绳索，迫令林君下“上工”命令，林君不允。张命刽子手先砍一刀，然后再问：“上不上工？”

林君抗声回答：“不上！”

张又命砍一刀，怒声喝道：“到底下不下命令上工？”

林忍痛大呼：“上工要总工会下命令的！但今天既是这样，我们的头可断，工不可上的！”

张复命砍一刀。此时鲜血溅地，林君遂晕，移时醒来，张狞笑道：“现在怎样？”

林君切齿骂道：“现在还有什么话可说？可怜一个好好的中国，就断送在你们这班混账王八蛋的军阀走狗手里！”

张等听了大怒，未待林君说完，立命枭首示众，一个轰轰烈烈的京汉总工会汉岸分会委员长林祥谦君就此慷慨成仁了！

这是恽代英发表在《中国青年》上的纪念“二七”大罢工两周年的文章，恽代英继续写道：

我们平常在社会上，并不是没有听到些不平的议论，也有人主张革命，也有人主张牺牲，也有人主张用鲜血去洗尽社会罪恶的迹；只是谈得多，做的少，听到的多，看见得少（甚至于全无）！如此你谈我论，熏习成风，就成了一种变相的清谈了。这样风气一成，几多庄严神圣的好名词，尽变作无聊无赖的机锋，互相标榜的幌子；怯懦无耻的人生，便在这幌子底下游来游去！这是人类多可悲哀的事呵！所以二月七日的事，一方面证明无产阶级有担当今后革命事业的伟大资质，破除资产阶级的傲慢和成见；他方面更给予旧社会怯懦无耻的人们一个深刻的暗示，仿佛告诉人们说：革命是要求壮烈的牺牲，无论谈怎样高妙的调子，都不过滑稽罢了。

恽代英眼前出现了林祥谦的身影，这个铁骨铮铮的硬汉，牺牲时正是他三十一岁的盛年。

他想起了五卅运动倒在血泊中的学生……

他想起了广州起义血染疆场的张太雷……

他想起了挚友肖楚女……

1927年春，蒋介石在南京、上海、广州等地制造反革命惨案，肖楚女日以继夜地撰文揭露国民党右派屠杀共产党人和工农民众的罪恶，以致肺病复发住院治疗，不幸在医院被捕。反动军警从广州东山医院将肖楚女绑架到南京。4月22日，蒋介石亲自下令将肖楚女、刘尔嵩、熊锐、李森等四十多名共产党人在监狱内的刑场集体枪杀……

想着这些熟悉的前行的战友，恽代英不由激情难抑、情如泉涌，他翻身下床，用手铐用力在墙上刻下了一首诗：

“浪迹江湖忆旧游，故人生死各千秋。已摈忧患寻常事，留得豪情作楚囚。”

写完，他哈哈大笑一声，笑声在监狱中回荡。

这首气吞山河、视死如归的壮丽诗章，是革命诗人心中的火山喷溅出来的不可抑止的烈火、岩浆；是一个不屈的共产党人发自肺腑的战斗呐喊。

这铿锵有力的诗，不胫而走，在难友中互相传抄，争相吟诵，成为他们挺直脊梁、英勇斗敌的精神支柱。

十多年后，周恩来在重庆领导八路军办事处时，多次将这首诗抄给身边的工作人员，讲述恽代英的英勇悲壮。1953年，周恩来又亲笔抄录了这首诗。这张珍贵的墨宝，后来珍藏在《中国青年》编辑部。

6

1931年4月29日中午，王震南再次来到中央监狱，这次他带来了蒋介石的手谕。

恽代英神色坦然，昂首挺胸，步出了牢房。

王震南抱着一线希望对恽代英说：不知恽总教官昨晚想得怎样？

恽代英微微一笑，对王震南说："人生自古谁无死，留取丹心照汗青。杀头、枪毙，对于共产党员来说，是随时准备着的。"

王震南无奈地挥了挥手，刽子手押解恽代英向监狱一隅的菜地走去。

《国际歌》声在监狱上空响起："起来，饥寒交迫的奴隶……"

恽代英唱《国际歌》，王震南并没有制止，他被眼前这个共产党人彻底震撼了，虽然信仰不同，道路不同，但他敬佩他的人格，敬佩他的精神，他没有去看他的行刑，而是背转身去……

恽代英在生命的最后一刻，发表了他人生的最后一次演讲，这演讲是面对一个手指扣着扳机的狱卒讲的。他站立菜地一隅，语气平静，用那略带沙哑的声音作了最后的演说："蒋介石走袁世凯的老路，屠杀爱国志士，献媚于帝国主义，较袁世凯有过之而无不及，必将自食恶果……"

狱卒奉令举枪，竟双手颤抖……

恽代英又说："我身上没有一件值钱的东西，只有一副近视眼镜，值几个钱，我死后，这副眼镜送你，做个纪念。我身上的磷，仅能做四盒洋火。我愿我的磷发出更多的热和光，我希望它燃烧起来，烧掉这老的中国，诞生一个新中国来！"

狱卒闭上了眼，无法扣动扳机……

监狱长不得不临时换了一个行刑手。

枪响就要响了，恽代英用他生命的最后一息放声高呼："打倒新军阀蒋介石！中国共产党万岁！"

子弹打在他的胸口，绽放出一朵朵鲜红的血花，他摇晃着身体坚持站立着，在意识尚存的片刻，他想起武昌老家院内的那两棵高大的银杏树，一公一母的，在月光清风下树影婆娑，树下奔跑来自己的妻儿，他似乎还看见母亲忙碌的身影，在树下的井口汲水洗衣……

黄埔一期生、原国军23师少将参谋长、因“剿匪怠倦”而服刑的军官普通犯赖惕安，目睹了恽代英的牺牲，他写道：

“当恽代英高唱《国际歌》走向狱中菜园子刑场的时候，我看着他高大的背影，吃力地拖着脚镣，脚步蹒跚地一步步向前走向死亡。这是个了不起的共产党人，要知道他有个年幼的孩子，心中有妻儿的拖累，蒋介石还许诺他妻儿团圆，高官厚禄，但他为了自己的信仰和追求选择了死亡。他是我们黄埔生的真正的老师和兄长，以自己的死亡遵循他给我们的讲课和讲演中提到的气节与信仰，这是我见到的真正的伟人。”

赖惕安1949年5月随另一位黄埔一期生侯镜如在福州起义，加入了中国人民解放军，迎接了新中国的诞生。

就在恽代英倒下的一瞬间，蕴藏在监狱难友们心中的火焰爆发了，整座监狱发出山呼海啸的声响:“代英精神不死!”

恽代英牺牲的当天下午，难友杨镇铎（山西人，曾任共青团江苏省委书记、沪中区委书记。1930年4月28日被捕，1933年冬被杀害）含泪写了一篇悼念恽代英的文章在难友们中间传阅。这篇文章表达了全体难友们的心情：一定要踏着烈士的血迹前进!

晚上，狱中党支部根据全狱难友的意见，作出三条决定：

一、大家应以代英同志的精神，继续斗争。

二、每年四月二十九日上午十二时，全体难友默念为代英同志致哀。

三、要求中国红军克服南京后，在代英同志死难处立碑纪念，并将国民党反动派用以拘禁共产党人的伪中央军监，改变为代英纪念学校。

恽代英没有死，他仍然活在难友们心中！

尾声

顾顺章的叛变，使上海党组织处在一片腥风血雨中，周恩来等人不得不紧急转移。

恽代英被蒋介石枪杀后，沈葆英也和党组织失去了联系。缫丝厂不能去了，一时衣食无着，怎么办？思来想去，她便带着年幼的儿子希仲回到了武昌老家。家中惹人注目，不便久留，万般无奈下，沈葆英把希仲留在恽代英父亲身边，自己只身去了三姐家。后来又从三姐家投奔江西大姐家。

1933年，风声稍微平静后，沈葆英带着儿子再次回到上海找党，还是没有找到。为了生计，便将希仲留在了四弟恽子强家。经子强妻子的哥哥葛松亭介绍，沈葆英去南通县立西亭小学当了一名教员，后来又成为护士。1938年沈葆英在第五战区兵站医院工作，借去武汉取药之便，终于在八路军办事处见到了周恩来夫妇。沈葆英见到邓颖超时，百感交集，扑在她身上放声大哭。邓大姐不住地安慰她："这些年你受苦了!"

望着沈葆英，周恩来动情地说："这几年，我们也到处找你，找不着，以为你也牺牲了。"他拍拍沈葆英的肩膀继续说："你不要难过，现在回到家里来，就可以放心了。"

接着又问："代英还有个儿子，他现在哪儿?"

沈葆英赶忙回答："还在上海，由子强照看着。"

周恩来点点头："好，你写个地址，我设法通过组织，多去照看照看。"

转眼到了1943年，恽代英的四弟恽子强携带家人和恽代英的遗孤恽希仲辗转抵达延安。毛泽东得知消息，立即安排与恽子强一家见面。他两手抓着恽希仲的肩膀仔细端详，仿佛眼前又呈现出恽代英的音容笑貌，恽希仲喊一声"毛伯伯"，毛泽东这才从怀念亡友的深情中回过神来。他对恽希仲说："你父亲是好样的，你要向你的父亲学习，继承他的遗志，为人民解放事业而奋斗。"又转身对恽子强说："代英是个好同志，是我党最优秀的党员。"

不久，在战时儿童保育院工作的沈葆英也在周恩来的安排下，乘坐重庆八路军办事处的卡车到了延安。母子相逢，情意切切。就在沈葆英和儿子希仲见面的那个下午，周恩来派来警卫员，牵来一匹马，把沈葆英母子接到了他在杨家岭的住处。周恩来抚摸着小希仲的头发，满眼爱恋，说："真像代英！小代，上学了吗？从上海到延安路上走了多长时间?"邓大姐把希仲揽在怀里："这就是我们的小乐天吗?长得这样高了。"周恩来俯下身来问希仲："想爸爸吗?"希仲点点头：

“嗯。”“那你知道你爸爸是什么样的人吗?”周恩来慢慢站起身，深情地说：“你是不知道的，连你妈妈也知道的不多。我了解你爸爸，比你妈妈还清楚。”这时沈葆英看到周恩来眼里噙满了泪花，他望着远处说：“代英是我党最优秀的党员。他对同志、对敌人立场坚定，爱憎分明。他朴实、热情、积极，了解群众，爱护群众，又会写文章，又会演说，在青年中影响很大。他是我们大家学习的榜样。”

那一晚，他把希仲留在自己的窑洞过了一夜。

又是一个春暖花开的季节。

1950年4月29日，是恽代英殉难十九周年纪念日，在中南海西花厅，他的战友，共和国总理周恩来挥笔题词：

中国青年热爱的领袖——恽代英同志牺牲已经十九年了，他的无产阶级意识、工作热情、坚强意志、朴素作风、牺牲精神、群众化的品质、感人的说服力，应永远成为中国青年的楷模。

1982年南京市人民政府将恽代英烈士殉难处公布为市级文物保护单位，1985年建成恽代英纪念碑坛。1986年8月恽代英烈士诞辰九十一周年之际，举行了隆重的纪念碑坛落成仪式。纪念碑坐北朝南，高大的碑体上雕塑着恽代英烈士的半身汉白玉像，由陆定一题写的“恽代英烈士”五个大字在阳光下闪着耀眼的金光。

2001年12月20日，恽代英烈士墓在上海龙华烈士陵园落成。恽代英的儿子恽希仲来到父亲墓前向父亲鞠躬致敬，他说：“我两岁时父亲就为革命而献身英勇就义，七十年后，父亲终于在上海魂归大地怀抱。爸爸，你安息吧!”

一枝枝红色的康乃馨环绕在恽代英烈士的墓碑前。

恽代英没有死，他的精神永生!

参考文献

1.《恽代英全集》，恽代英著，人民出版社，2014年；
2.《恽代英传记》，田子渝等著，湖北人民出版社，1984年；
3.《恽代英》，曾钟编著，二十一世纪出版社，2011年；
4.《回忆恽代英》，许德珩等著，人民出版社，1982年；
5.《恽代英的故事》，魏春桥著，时代文艺出版社，2009年；
6.《中共党史人物传》（第五卷），中共党史人物研究会编，陕西人民出版社，1982年；
7.《西行漫记》，埃德加·斯诺著，三联书店，1979年；
8.《伟大的道路》，艾格尼丝·史沫莱特著，三联书店，1979年；
9.《周恩来传》，金冲及主编，人民出版社，1989年；
10.《李立三红色传奇》，李思慎著，中国工人出版社，2004年；
11.《邓中夏的一生》，姜平著，南京大学出版社，1986年；
12.《邓中夏传》，魏巍等著，人民出版社，1981年；
13.《蒋介石与黄埔"四凶"》，百花洲文艺出版社，2004年；
14.《血祭黄浦》，老木编著，新世界出版社，1995年；
15.《国民党超级特务谱》，戚伍编，团结出版社，1994年；
16.《毛泽东人际交往实录》，贾思楠编，江苏文艺出版社，1989年；
17.《历史选择了毛泽东》，叶永烈著，新苑杂志社，1992年；
18.《苦难辉煌》，金南著，华艺出版社，2009年；
19.《河南文史资料》（第十四辑），政协河南省委员会，1985年6月；
20.《四川文史资料》（第二十八辑），四川人民出版社，1983年1月；
21.《安徽文史资料》（第二辑），政协安徽省委员会，1982年12月；
22.《武汉文史资料》（第十辑），政协武汉市委员会，1982年11月。